人生没有太晚的开始

RENSHENG MEIYOU TAIWAN DE KAISHI

王国军 主编

江西教育出版社
JIANGXI EDUCATION PUBLISHING HOUSE

图书在版编目（CIP）数据

人生没有太晚的开始 / 王国军主编 . -- 南昌 : 江西
教育出版社，2015.7（2019.7 重印）
　（悦读文库）
　ISBN 978-7-5392-8209-1

　Ⅰ . ①人… Ⅱ . ①王… Ⅲ . ①故事－作品集－世界
Ⅳ . ① I14

中国版本图书馆 CIP 数据核字（2015）第 167887 号

悦读文库

人生没有太晚的开始
RENSHENG MEIYOU TAIWAN DE KAISHI

王国军／主编

江西教育出版社出版
（南昌市抚河北路 291 号　邮编：330008）
各地新华书店经销
日照教科印刷有限公司
720 毫米 ×1000 毫米　16 开本　13 印张　字数 165 千字
2015 年 8 月第 1 版　2019 年 7 月第 2 次印刷　印数 10000 册
ISBN 978-7-5392-8209-1
定价：26.00 元

赣教版图书如有印制质量问题，请向我社调换　电话：0791-86710427
投稿邮箱：JXJYCBS@163.com　来稿电话：0791-86705643
网址：http://www.jxeph.com

赣版权登字 -02-2015-407

目 录

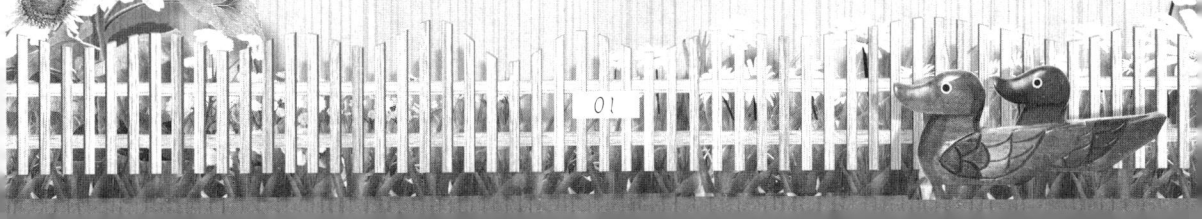

第二辑　走下去，前面还是你的天

第三辑　每只苹果都享受长出来的过程

第四辑　退避也能成就梦想

第五辑　再卑微的梦想也会开花

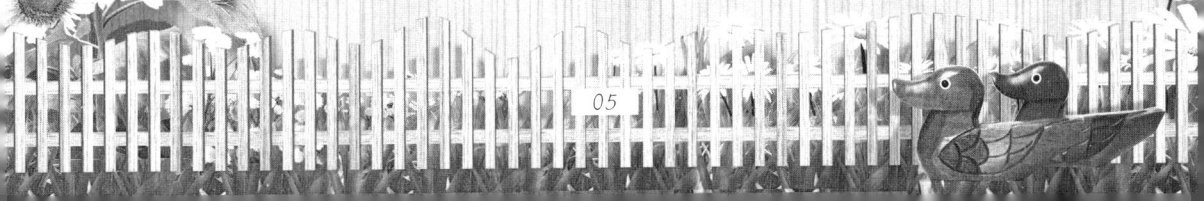

第一辑
每一个微笑背后都有一颗坚韧的心

　　是的，这个世界上，每一次善举，都是在给自己开一朵绚丽的花，或许你曾被别人欺骗过，或许你曾憎恨过，但你无法一下子改变这个社会，你唯一能做的就是在自己的心里种一颗善良的种子，把爱孕育，让爱开花。这些绚丽的花，会温暖你和你的周围，一朵一朵连起来，世界就能阳光明媚，花团锦簇。

在仇恨里开一朵宽容的花

王国军

　　父亲说，这个世界上，只有宽容，才是一个人终生快乐的行囊。这是父亲对他说的最后一句话。但他没听父亲的话，他的小小世界里满是仇恨。7岁，他会抡起砖头把邻居家的窗户砸个粉碎，然后在夜色掩护下跑得无影无踪。8岁，他会偷偷在女同学的桌子下钉一颗钉子，然后听着裙子被划破的声音而得意大笑。13岁，他读初中，没过半个学期，他因臭名昭著多次受到校长的点名批评。只是对这个无依无靠的孩子，谁也无可奈何。15岁，因为他的多次恶作剧，已经气跑了两个班主任，第三个班主任是年纪轻轻的小女孩，刚毕业，长着一张稚气未脱的娃娃脸。

　　第一天走进教室，他在讲桌和黑板上涂满红颜料，他以为这样就能把她吓跑。出乎意料地，她却视若无睹，继续讲着课。那天，她讲的是她小时候的故事，学生们都听得非常投入，唯有他例外。他把眼睛眯得细细的，脑海中闪过千百种对付她的念头。接下来的一周内，不管他如何闹，如何使小动作，老师总是不愠也不火，路上遇见，隔老远就向他打招呼。这使他有些受宠若惊。

　　他很快注意到，几乎每个周五的下午，老师都会去一趟老城区。他感到很好奇，有一天，他悄悄地跟在后面。

　　转过几个街道，在一个偏僻的街道停住了。意外就是在这个时候出现的，一辆摩托车呼啸着冲了过来，坐在后面的一个小伙子顺手就抢过了她手上的包，朝前呼啸而去。他先是怔住，然后撒腿朝前跑，边跑还边喊。

也许抢匪太过紧张，转弯时，摩托车翻倒在地。他低声骂了句"活该"，然后从在地上抽搐的歹徒手里抢回提包，正要往回走，却见班主任低身弯下腰。"不会想以德报怨吧。"他想，这只是在电视里看过的情节。"快帮我抬一下。"老师发话了。他愣了一下，走上去帮忙。

从医院回来，老师说："谢谢你的帮忙，要不然我还真抬不动两个大男人。其实，你的心底并不坏，只是被仇恨迷住了眼睛。"

他再次愣住，忽然想起父亲临终前所说的话。老师瞟了他一眼，继续说："在接手这个班之前，我也知道一些你的故事。你们家以前很富裕，只是因为你父亲善良，收留了个无家可归的小偷，结果他把你家值钱的东西一卷而空，你父亲在郁郁中死去，母亲也改嫁，从这个时候起，你就憎恨这个社会，你觉得你家变成这样，都是这个社会害的，你觉得你自己存在的价值，只是报复，也只有在无休止的报复中，你才能找到快乐。"顿了顿，她又说："其实，我的家庭也和你一样，有过类似的遭遇，但我从没怨天尤人过，我一直是以宽容的态度来对待生活。每个周五，我都会去老城区，那里有几个孤儿等待我的救助。孩子，不要再仇恨下去了，学会用一颗善良的心来面对你周围的人吧，就像你今天做的这样。"

他是低着头回家的，泪水却早已湿透了他的脸庞。从那以后，他仿佛换了个人，不再搞破坏，不再恶作剧，每天都认认真真看书，一有不懂的，就往老师房间里跑。三年后，他考上了长沙的一所重点大学，四年后，他去了广东工作，凭借着优异的表现，他现在已经是一家企业的副总经理，他就是我的哥哥。每年他都会去看一次他的老师，每次他都会动情地说："老师，我之所以有今天，多亏了你当年的循循善诱。我真诚地谢谢你。"

是的，这个世界上，每一次善举，都是在给自己开一朵绚丽的花。或许你曾被别人欺骗过，或许你曾憎恨过，但你无法一下子改变这个社会，你唯一能做的就是在自己的心里种一颗善良的种子，把爱孕育，让爱开花。这些

绚丽的花，会温暖你和你的周围，一朵一朵连起来，世界就能阳光明媚，花团锦簇。

每一个微笑背后都有一颗坚韧的心

王国民

　　每天，我都要经过银行门口，在门口的大树下，有个补鞋的摊子，摊主是个男人，看样子就是个老实巴交的人。每次我经过时，他总是朝我友善地一笑，虽没聊过，却感觉很亲切。

　　终于有了一次交流的机会，那是我的鞋钻掉了，我拿着鞋去找他。正是中午，我看见男人的前面放着一只碗，大概是刚吃完午饭，男人想站起来走走，看见我，连忙微笑着招招手，然后又坐下。我急忙把鞋递过去，男人看了看说："你要是急的话，我就先用胶水帮你粘粘，要是不急，我用针线缝一下，这样才牢固。"

　　我说不急。男人便笑了。男人找出一根大针，然后穿上线，男人的动作有点慢，但我并没有因此而感到不满。男人找了块牛皮搁在自己的大腿靠胯的地方，这时我才发现他的两个裤筒都是空的，很明显，是个残疾人。

　　"你每天是怎么过来的？"我惊讶地问。

　　"每天早晚，妻子都会用板车接送我。"男人看了看腿，然后笑了，"我的妻子也在这个城市打工，我的两个孩子也都在这个城市。"

　　"他们都很听话吧？"我又问。

　　男人的眼睛亮起来："是的，每天放学后，都会来这里等我，一起回家。你也知道的，现在这个年代的孩子，叛逆心都很重，但是他们让我很放心，他们还说一定要考上大学。"

说话间，男人试图用针穿破鞋钻，但是失败了，男人并不灰心，而是继续努力着。

"你有两个那么听话的孩子。"我忽然羡慕起他来。

男人说："是的，他们很听话，但你也知道的，两个孩子读书，再加上开支，我的妻子负担很重，所以我必须出来修鞋。不过我的水平比较差，总是给顾客添麻烦。"

男人忽然有点自卑起来。

男人大概花了半个小时，才帮我弄好鞋，说实话，男人笨拙的手把我的鞋子弄得很糟糕，但这并不妨碍我的好心情，回来的时候，我还看见几个邻居一路兴奋地朝他那边走。

跟同事聊天时，才知道男人是在两年前残疾的。那次，为了救一个乱穿马路的女孩，男人从此失去了双腿。同事也是从一个记者那里听到这个故事的。后来，他们的鞋坏了，总是去找男人补鞋，尽管他的手艺不太好。

"你不要以为这只是一种施舍。"同事继续说，"每次和他聊天，我们总能收获一份好心情，我想，这份快乐，也绝非一两元能买到的。"

我不得不承认他说得很有道理。

第二天下班的时候，我路过时，他突然向我招手，他的身边还站着两个孩子。

"也没什么好送给你的。"男人有些腼腆地说，"那天你的鞋修得不太好，我这里有两束野花，我家的后面就是个山坡，所以我让孩子摘了些，希望每天都能给你带来好心情。"

两个孩子送花过来的时候，我看见他们的脸上都洋溢着快乐的笑容，男人也在笑，因为他们知道，在困境面前微笑，不仅仅是一种勇气，更是对亲朋和家庭的一种责任和义务。

把握人生的每一次意外

王国民

人的漫长一生中，总会遇到很多次意外，这些意外我们往往忽略了，甚至是采取排斥的态度拒之门外。殊不知，一个人的成功并不是事先选定的，发展的过程中存在着太多的变数，而每次变数所带来的意外，都有可能让我们走向成功或者失败，那么怎么才能正视一个人一生的每次意外并采取及时合理的对策呢？下面是一些专家人士的几点建议：

正视你的意外

吉姆·福瑞克，从小十分自卑，因为成绩太差，他甚至想到了退学，拿中学毕业证的那天，他没去学校，而是选择了流浪。在一个草地上，他因为无聊，提出了参加一个高尔夫游戏。连续十杆，他都打进了洞。

他立即欣喜若狂地把这一消息告诉祖母，祖母也认为他是一个可塑之才，便把他带到佛罗里达州一所职业中学，专门学习高尔夫球。因为有祖母的期望和鼓励，他克服了自卑，表现得异常努力，在不久后的一次职业比赛中一举成名。后来他常对媒体说的一句话就是："没有一种成功是必然实现的，人生中有很多意外的惊喜，只要正视，并敢于放弃你不能的，敢去坚持你所选择的，成功在拐个弯后就会越来越靠近你。"

别害怕兴趣转移

美国人维纳，读大学时，兴趣一直都不稳定，每一年都在学不同的东西，

化学、物理、工程学都在涉及，但又都半途而止。父亲实在看不下去了，就强迫他去学他从小就讨厌的数学。开始时，维纳想过用爬墙、装病等方式逃脱，但都一一被父亲识破，迫不得已，他才安安心心地坐下来。一坐就是一周，他突然惊奇地发现，在数学方面，自己竟有着极高的天赋。这一坐，就一发不可收拾，在 39 岁那年，他因在数学方面的卓越成就——开创了控制论，而以全票当选为美国科学院院士。

主动利用

IBM 有今天的辉煌在很大程度上是主动利用意外成功的结果。20 世纪 40 年代，IBM 生产了最早的计算机，在当时主要是用于科学研究。

不久后，IBM 和它的对手尤尼瓦克（Univac）公司都接到很多企业的采购计划。但让人大跌眼镜的是，许多企业购买计算机，仅仅只是为了用于普通的事务上，如进行薪资计算。尤尼瓦克公司很快做出答复，拒绝供应，理由是这样是侮辱伟大的科技奇迹。但 IBM 没有这样做，通过冷静分析，他们做出了一个果断的决定，那就是牺牲自己的设计而去采用对手尤尼瓦克公司的设计，因为它更适合记账，四年后，IBM 就获得了计算机市场的领先位置。

东京大学心理学小本三郎专家教授指出："在实际生活中，人们所设想的往往同所发生的情况是不一致的。只有不失时机、主动地捕捉和驾驭这些意外，才能减少成功的阻力。"

妥善配置

美国有所大学曾经为了退伍军人，开设过成人教育课程，没想到意外取得了成功，校方决定扩大成果。为了节省开支，低薪聘用了一些正在读书的助教来讲这个课程，结果几年内就摧毁了这个课程，而且也影响了学校的声誉。

牛津大学教授普鲁万建议："对于意外，企业或管理者要给予相匹配的关注和支持，这样才能真正将意外演变为生产力。"

　　意外的成功是一个机遇，但这样的机遇并不是唾手可得的，首先你应该有发现意外、重视意外的能力，其次你应该坚持不懈地利用意外所带来的机遇，并采取适当的措施，不松手，不放弃，这样才能轻而易举地获得它并受益非凡。

人生总有取舍

王国民

　　她早年在非洲生活，家境贫寒。为了生存，她当过电话接线员、保姆、速记员、餐厅清洗工。一日所得，都不能养活自己，但为了理想，她毅然选择留了下来，积极投身于反对殖民主义的左翼政治联盟运动中，直到她的祖国解放。

　　她没有受过正规的学校教育，20岁那年，她才有幸在一所培训学校里读了两年书，但这丝毫没有影响她对文学的热情。

　　1949年，她和丈夫离婚，带着两岁大的儿子来到英国。此时，她囊中羞涩，为了支付租金，她不得不把仅有的家当——一本还没完成的小说草稿拿来典当，被老板委婉拒绝了。为此，她不得不流落街头，最后才被一位好心人收留了一个月。然而就是这一个月的时间，让她得以能静下心来完成作品，最终以《青草在唱歌》的名字出版并一炮走红。从此她一发不可收拾，不仅完成了五部曲《暴力的孩子们》，而且也完成了代表作《金色笔记》的创作。她的写作面特广，除了长篇小说以外，还著有诗歌、散文、剧本和短篇小说。她每天都坚持写作，即使到了八十高龄，这一习惯不仅没有改变反而有扩展的势头，上午三个小时，下午两个小时。

　　她就是英国著名女作家，被誉为继伍尔夫之后最伟大的女性作家，并获得多个世界级文学奖项的多丽丝·莱辛。2007年，她一举击败美国作家罗斯、以色列希伯来语作家阿摩司·奥兹、日本作家村上春树获得诺贝尔文学奖。

她的成功被认为是理所当然的。当听到中国很多作家在五六十岁就封了笔，她立刻惊讶得说不出来。"这简直不可思议，"她不假思索地说，"过去我太忙，写的时间太少，现在退休了，我终于可以把未完成的心愿完成。人生总有取舍，我的时日已经不多，所以我必须加倍努力。"在外人看来，到了这种境地，莱辛的话多少有点让人感慨年华易逝的无奈，但她对成功和人生的感悟却是发自肺腑的，毫无做作之意。

"人总要学会取舍。只要能动，我就会毫不犹豫地坚持我的理想。"最后她说。

莱辛说的这番话，让人感触颇多。记得卡耐基有一句名言："最重要的是，不要去看远处模糊的，而要去着手清楚的事。"但我想，当我们的生命遭受滑铁卢的时候，当我们在一次次努力都看不到回报的时候，我们是否还有坚持的勇气呢？人要学会取舍，需要一种理性，更需要一种态度，一种昂首向上的态度，其中包含着自信和坚强，也涵盖着勇敢和自足。

给人生留点悬念

袁海燕

"喜羊羊之父"黄伟明，出生于广州的一个艺术之家。在父亲和哥哥的影响下，黄伟明三岁时就迷恋上了画画，那个时候，他的生活只有两件事，一是画画，二是看动画片。从《大闹天宫》到《哪吒闹海》《天书奇谈》《三个和尚》《没头脑和不高兴》，黄伟明一直都沉醉其中，且深深不能自拔。

十岁，班会课，班主任让大家畅谈自己的梦想。黄伟明第一个站起来发言："我要做中国动画第一人。"老师和同学们惊呆了，良久，老师才说："孩子，你知道吗，梦想的实现并不是一蹴而就的事情，你有为之奋斗二十年甚至一辈子的毅力吗？"黄伟明几乎不假思索地回答："我愿意，因为我爱它，就如同我热爱生命一样。"黄伟明的回答赢得了大家热烈的掌声。

1988年，黄伟明在《中学生报》发表了自己的第一篇漫画，那一年，他才16岁，伴随着儿时的梦想和身体的成长，他愉悦地向自己的目标发起了冲刺。

黄伟明找到父亲，提出了到外国学习动漫的想法，父亲虽然支持儿子画画，但他认为动画是西方人的专利，而且也不希望儿子背井离乡到外国闯荡。黄伟明说："就让我去试试吧，如果可以，也能给我一次失败的经历。"经过几年的交流，直到1996年，父亲才勉强答应了他出国的念头。

就这样，黄伟明来到了加拿大，边打工边学习。虽然生活很艰苦，做过很多粗活，但为了儿时的梦想，黄伟明一直咬牙坚持着。有一次，黄伟明申请到了一个到超市拖地的工作，上班的时候，被几个同学看见了，同学们惊讶地说："黄伟明，你拖地也用不着跑到加拿大来吧。"黄伟明笑了，他说了一句让同学记忆一辈子的话："我今天的磨炼是为了明天更好地坚持。"

黄伟明当然知道动画和漫画才是他一辈子要耕耘的工作。学习结束后，他马上回到了中国发展，恰逢国家扶持原创动画政策出台，让黄伟明有了大展拳脚的机会。不久后，他的第一部家庭幽默情景式动画片《宝贝女儿好妈妈》便问世了，并受到了众多观众的喜欢。借着这股东风，黄伟明又成功地创造出了《喜羊羊与灰太狼》。2008 年初，《喜羊羊与灰太狼》已制作出约 500 集，他所在的原创动力公司准备制作到 1000 集，与此同时，其衍生产品也火遍了大江南北。他也因此赢得了"喜羊羊之父"的美誉。

就在所有人都以为黄伟明会顺着这样的轨迹一直走下去时，他却突然提出了辞职，之后，办起了自己的公司，准备推出新的动画长篇作品。有人怀疑，有人不解，作为一个创作人，黄伟明显然有自己的长远打算。

经过一年多的酝酿，在 2010 年初举行的首届中国国际影视动漫版权保护和贸易博览会上，黄伟明正式推出了自己的科幻新作《开心超人》，之所以选择"超人"题材，黄伟明说："看动画片这么多年来，我一直没看到中国的超人形象，我希望能创作属于中国的超人。"

如今的黄伟明，无论是在漫画界还是影视界，都有着颇高的人气。当记者问及他的创业经验时，黄伟明说："我并不希望守着一部成功作品到老，我觉得人活着，是因为激情，激情不够了，要重新找回激情。所以，我必须在还没到巅峰的时候就离开，然后朝下一个目标全力奔跑。给自己的人生留点悬念，我想，这样的人生，才充实和完美。"

梦想决定你人生的宽度

赵晶

牙买加著名短跑田径运动员、曾在北京奥运会上三次打破世界纪录、伦敦奥运会上再次打破奥运纪录、被誉为"闪电侠"的博尔特在成名之前只是一个毫不起眼的替补运动员。

因为一场大病，使博尔特几乎失去了在田径上继续追逐梦想的机会，但他硬是以无比的毅力挺了过来，并在规定的时间里归队训练。就是这么一个在牙买加短跑选手名单里都没有位置的运动员，2001 年却突然向体育管理中心提出要代表牙买加参加世界青年田径锦标赛。

消息传出，举世哗然。没有人支持，连亲戚朋友都反对他这一幼稚、荒唐的行为。因为短跑，是一个挑战人体极限的运动，即使 0.1 秒的超越也足以让世人为之疯狂。而此前博尔特最好的成绩比同胞鲍威尔——牙买加第一号短跑运动员慢了一秒钟，在短跑里几乎是一段无法跨越的距离。

看着没有人支持自己，博尔特接着向鲍威尔下了一封挑战书，约他三个月后，在国家体育中心进行一次挑战。出乎所有人的预料，鲍威尔愉快地接受了挑战，并指派自己的得力教练指导博尔特进行训练。

博尔特清楚地知道，他最大的敌人并不是别人，而是困扰自己多年的疾病。他未必能战胜对手，但为了自己的田径梦想，他必须战胜自己，这别无选择。

教练针对他的现状，给他制订了一套周密而科学的训练计划。训练的最后一部分是七天的长跑之旅，与炎热的沙浪搏斗，跟冰冷的海水抗衡，跟长颈鹿比速度，与袋鼠比冲刺。

挑战赛如期进行，这是一个没有媒体参加的盛会，除了牙买加体育管理中心的官员外，所有想来一睹风采的人都被拒绝入内。没有人知道结果怎么样，但博尔特确实通过此次挑战获得了一个田径锦标赛的参赛名额。一年后，就是凭着这次赢来的机会，博尔特一举摘下了 200 米跑的冠军，两年后他再次刷新了自己的 200 米纪录。八年后在伦敦奥运会上，他以 9 秒 63 的成绩刷新了他自己创造的奥运会纪录，成为了刘易斯后第二个在男子百米中卫冕的人，毫无疑问，他是这个星球上跑得最快的男人，他是毫无争议的史上第一人。

我深深记住了这位牙买加选手向世人宣告属于他与众不同的声音："我知道将来还会遇到很多困难，但不管怎样，我一直都会坚持自己的梦想，因为只有跑下去，前面才会是我的朗朗艳阳天。"在奔跑中去激情追逐自己的梦想，并一点点扩大目标，直至得以全部实现。

其实，每一个生命的本质何尝又不是一种奔跑，奔跑的前方虽然会荆棘丛生，但只要坚持，梦想多大，路就会有多平坦。身处困境，那就用雄心去征服困境，不气馁，不服输，这样才能演绎完美人生。因为，梦想决定你人生的宽度。

试着把心炼成一片海

谭香

郭伟阳出生在云南省玉溪市的一个普通家庭，父母都是普通的职工。郭伟阳小时候很顽皮，为了不让孩子过剩的精力惹祸，父亲便把他送到了玉溪市少体校。

但这并不妨碍郭伟阳做自己喜欢做的事情。有时，刚从学校回来，他就迫不及待地走到家中后院的空地上，静静地练习着。那是他的理想，他希望将来长大后做一名出色的体操运动员。有次，学校举行体操比赛，满怀希望的郭伟阳意外败北。回到家里，他沮丧之际，母亲却不说话，把他带到了屋前的一条小河旁，母亲问："前面是什么？"郭伟阳回答："小河。"母亲点点头说："是的，你现在就像小河一样，清浅、单纯，可是你终究有一天要长大。""那我将来是什么呢？"郭伟阳侧着头，一字一字地问。"是大海，所以你要努力地完善自己，把自己的内心修炼成一片海，才能包容一切。"母亲语重心长地说。郭伟阳认真地点了点头。

13岁，郭伟阳已经入选了国家队，风度翩翩的他一度成为女孩子心仪的对象，但他对任何女生都不感兴趣。他所关心的只是如何成为一名优秀的体操运动员，但在人才济济的体操队里，他一直只占据替补位置，他为此经常苦恼、忧伤。

在2012年7月28日的奥运会体操男子资格赛中，郭伟阳接连在三个项目上出现重大失误，这让大家都捏了一把冷汗。他打电话向母亲倾诉，母亲把大海的声音放给他听，并语重心长地说："你现在已经到了入海处，你的前面会有很多压力和紧张，所以你一定要学会坚持，才能把自己变成大海。"郭伟阳含着热泪点点头。

在伦敦奥运会体操项目比赛中，郭伟阳最终顶住了所有的压力和紧张，完美地完成了所有的动作，和队友们最终以总得分 275.997 分夺得了冠军。

在回忆成长经历时，郭伟阳坦诚地说："我今天能走到这步，母亲才是最大的英雄，是她教会了我怎样把一颗心修炼成一片海。说实话，这些年，我苦过，失败过甚至绝望过，但我从没有放弃过，因为我知道我是大海，我能海纳百川，我坚持住，所以我成功了。"

好了伤疤必须忘记痛

曹光明

香港四大才子之二——黄霑和倪匡是忘年交的老朋友，两人之间的奇闻轶事可谓多矣。

有一天，倪匡向黄霑借钱："黄霑，哪天我死了，你肯定会送我一个大花圈，至少要花 400 块钱，不如先预支给我吧？"

黄霑二话没说，立即给了他 400 块钱。没过几天，黄霑突然来要债："不对啊！如果我死了，你不也得送我个大花圈吗？"

倪匡只好老实还钱，互相扯平，两个老人随即抚掌大笑。

当黄霑故去后，已过古稀之年的倪匡略显伤感，却依然不失老顽童的本性："人终有一死，如果我们为必然发生的事情而悲伤，不是很傻吗？"

有太多的人的确很傻！

庄子的妻子死了，朋友前来吊唁，却看见庄子坐在地上敲着盆唱歌，脸上没有半点忧伤。

朋友心中大为不悦，当即责问他："你妻子辛劳一生，为你生儿育女，现在她年老身死，你不但不哭，反而唱歌，你对得起她吗？"

庄子平静地回答："一开始，我的确很难过，悲恸欲绝。可后来仔细想了一下，在她出生之前，世上原本没有这个人，如今她又回到了天地间，这就像四季更替一样自然，所以我不哭了。"

于我们而言，死亡是个沉重的话题，而在倪匡和庄子眼里，死亡却成了一件再正常不过的事情，有些不可思议。

不过，仔细想一想，倪匡和庄子真聪明。

人的一生当中，随时可能会面临不可避免的天灾人祸，不知会留下多少伤疤。如果一一记住它们的疼痛，恐怕早已失去了生存的欲望，所以，我们必须学会忘却，忘记了才能进步。

曾国藩的处世智慧

曹光明

　　唐浩明在《曾国藩全传》里记载了这么一则故事：咸丰年间，英法联军攻打北京，眼看京师快要沦陷了，咸丰皇帝急忙带着后宫近臣逃往热河行宫。临走之前，他做了两项安排：一是让恭亲王奕䜣留在北京代表清政府与英法议和；二是下了一道十万火急的上谕给曾国藩，命他火速派兵进京救驾。咸丰皇帝听取了大臣胜保的建议，在谕旨中明确指出：要他派鲍超领精兵数千，即日起程赶赴京师，到时再交由胜保全权指挥。

　　了解这段历史的人都知道，鲍超是曾国藩的得力战将，他作战勇猛，屡立战功。而胜保是朝廷大臣，出身满洲镶白旗。此人领兵打仗不行，玩弄权术、阿谀奉承倒是行家，并深得皇上的器重。

　　此时曾国藩远在安徽祁门正指挥湘军与太平军殊死作战，接到这道谕旨，他不由得眉头紧锁。凭借其敏锐的洞察力，曾国藩一眼就看出了此事的真相。

　　谕旨发出时，英法联军已兵临城下，此时从千里之外调兵进京勤王，简直是天方夜谭。咸丰皇帝显然是被突然变故吓昏了头。更何况，洋人的武器装备先进，与他们打起来，湘军再骁勇善战，也必输无疑。此外，这道谕旨中还有胜保的一个不可告人的目的，这几年，胜保也在领兵与太平军作战，但屡战屡败，为了壮大自己的队伍，他想借护驾之名把鲍超夺为己有。鲍超是曾国藩的爱将，曾国藩当然舍不得放他走。另外，凭借以往与洋人打交道的经验，曾国藩料定，洋人此举，并没有加害皇上之意，只是想占更多的便宜罢了。

所以，基于以上情况，于公于私，曾国藩都不能派兵北上。但皇帝有难，臣子岂能坐视不管？洋人即使不再北进一步，湘军将士也应该受命入京呀。否则，万一龙颜大怒，抗旨的罪名足以使他满门抄斩。即使皇上将来不和他计较，此时外夷入侵，国难当头，身为朝廷重臣却拒不出兵，也无法向世人交代，弄不好一世英名全毁了。进也不是退也不是，曾国藩陷入了左右为难的境地。

这时，李鸿章给曾国藩出了个主意。曾国藩听后拍案叫绝，马上给皇上拟了份奏折，大意是："鲍超身份卑微，能力不足，而皇上的安全事关重大，派他进京护驾我着实不放心。我和胡林翼都很想亲自领兵北上勤王，但我俩不能同去，必须要留下一个指挥军队与太平军作战，所以请皇上在我和胡林翼之间指派一人进京。"胡林翼当时是湖北的巡抚，既是曾国藩的好友，又是湘军的重要将领之一。

仅从表面上看，此奏折足以说明曾国藩对进京救驾的万分重视，实际是缓兵之计。

在那时，最快的交通工具是马，北京到安徽祁门路途遥远，最快的马也要走十几天。咸丰皇帝的上谕发出十来天后，曾国藩才收到，他收到后犹豫了十几天才给皇帝发出了请示奏折，这份奏折在路上用了半个月，咸丰皇帝才收到，然后再给曾国藩传去谕旨，又花了半个来月，这一去一回，花了将近两个月的时间。根据以前与洋人相处的经验，曾国藩可以肯定，在这段时间内，清政府早已跟洋人议和成功了，到那时派兵进京勤王已是过水之丘了。

果然不出曾国藩所料，一个多月以后，咸丰皇帝发来谕旨：议和成功，不必派兵北上。既向皇帝表示了身为臣子的耿耿忠心，又不用出兵，可谓是两全其美。

如何待人接物其实是一门很深的学问，既要为自己着想，又不能因为自己的利益而得罪他人，而且要让对方心悦诚服，的确不容易。曾国藩的交际艺术，值得众人学习。

为破碎的梦再修一条路

郭超群

有一位十分有名的足球裁判员，曾经也是位很优秀的足球运动员，但是在一次踢球中腿受伤，不能继续踢球，才转行做了裁判员。

有一次，一个女记者去他家采访，问他是如何从一个残疾的足球运动员转变成一个如此优秀的裁判员的。面对女记者这样一个尖锐犀利的问题，他没有说什么，而是把女记者带到了他家附近一个宽敞雄伟的足球场。女记者本以为他会带她走进那座足球场，没想到裁判员却把她带到了马路对面不远处的一棵枯树后面。

"你躲在后面，假设你是一个落魄但却又十分喜欢足球的残疾人，想想你能够看到听到些什么。"裁判员温和地说。

"我看到了很多名贵的奔驰、宝马车，还看到了球场大厅金碧辉煌的装饰，以及足球场内人群高昂的欢呼声。"女记者一边看一边这样报告着。

裁判员说："很好，你看得很全面、很仔细。很多年前，我还是个从乡下来的孩子，但是对足球十分着迷，父母对我也很支持。为了给我支付高昂的学费，父亲甚至去卖血。那年我十八岁，父亲为了我的学费开始在工地上没日没夜地打工，后来因为体力不支，从机器上面摔了下来。去医院检查，却又意外地发现父亲得了癌症。从那以后，我开始去跟人踢黑球，我知道踢黑球很危险，但是为了给父亲治病，我也顾不了那么多了。我的腿也是在一次踢黑球的比赛中，让人给打伤的。"

　　说到这里，裁判员顿了顿，接着说："那段时间，我失落到了极点。一想到自己以后再也不能踢球了，就伤心欲绝。很多次我都想拄着拐杖去足球场看比赛，但门口的保安都不让我进去。从那时起，我就暗暗地发誓，有一天，我一定要再次回到这个足球场。不是为了去看别人的比赛，而是以一个独一无二的裁判员的身份出现。这样想了之后，我开始慢慢地练习丢掉拐杖走路，学习裁判知识。当我失落泄气的时候，我就会带着拐杖来到这里。当我离开的时候，信心又重新灌满了我的胸膛。"

　　采访快要结束的时候，女记者对裁判员说："那能否让我看一下您那根充满魔力的拐杖？"裁判员在家里的一个角落，找出那根布满灰尘的拐杖，递给女记者说："这就是我的拐杖。其实真正重要的不是拐杖本身，而是你亲手扔掉拐杖的过程。我的成功也很简单，我只是在我的梦想破碎的时候，能够有勇气重新去给自己修一条路。"

生活，永远值得期待

曹光明

白岩松大学毕业实习被分配到中国国际广播电台，为了给实习单位留个好印象，首先不能迟到，于是，他改变了在大学期间养成的晚睡晚起的习惯，每天早晨五点钟起床赶进城的班车。到了实习单位，人也变得勤快了，打水、扫地等杂活他一人包揽。

两个月后，实习结束了，但能否留在国际广播电台还没得到正面的答复。接下来，他就在焦急和不安中等待实习单位的消息，惶惶不可终日。什么事走到低谷，再接下来可能是转机。不久后，实习带队老师告诉他："由于你在实习中表现不错，单位打算要你。"听到这句话，他心中的大石头终于放了下来，有了这句话垫底，整个人焕然一新，不用奔波了，前途也有了着落，心情自然好极了，很久听不见的鸟声、身边人们的言语又开始清晰起来。

从当时的情况来看，白岩松可谓是前途一片光明。但是，生活一般是不会按常理出牌的。正当他为此而欣喜满怀时，一场更大的风暴已悄然而至。

忽然有一天，实习老师告诉他：国际台不再接受中文编辑！也就意味着，国际台之梦对他来讲破碎了。一瞬间，他从虚幻的梦中醒了过来，心情一下子跌入万丈深渊，怎么办？一阵惆怅后，他又开始为前途而奔波。

一天，白岩松听说广东一家电台打算招人，他二话没说，马上买了张去广东的火车票，打算再为前途赌一把。就在这时，另一个机遇和他不期而遇：中央人民广播电台招人。刚开始，他有些犹豫，中央人民广播电台竞争异常激烈，这一去会因祸得福吗？不管成不成，先试一试吧！他没料到，正是这个决定，竟改变了他的命运。由于所抱希望不大，所以他面试时心态十分自然平和。面试结束后，他被告知，面试结果要过几天才出来。所以，他必须退掉去广东的火车票。这下，他又陷入了困境，广东那家电台招聘截止日期马上就要到了，而中央人民广播电台也没有给任何说法，这样下去，会不会鸡飞蛋打两头落空？他心里有点打鼓。

几天后，中央人民广播电台给他传来消息："你已被录取！"下一秒的事，谁说得清？

在一次采访中，白岩松回首这段往事时，颇有感慨地说："人生的确是无常的，常常让你猝不及防，弄得你手足无措，甚至狼狈不堪。不过，话又说回来，人生的可爱之处，多半也就在这无常之中，难道不是吗？因为你无法预知未来将会发生什么事情，所以，才有意外的惊喜。"

梦想在远方

王国民

那一年,我十七岁,高三毕业后,我厌倦了读书的日子,我说我想去做生意。父亲没说话,从破旧的衣服深处,摸出一把皱巴巴的钞票。父亲说:"跟叔叔去闯荡吧。家里有我和你妈妈在,你不用担心,好好去干,实在不行,就回来,家永远都是你的家。"

提着简单的行李,我上了去广州的火车,叔叔在广州开了家外贸公司,他早就想让我去帮忙。到了广州后,叔叔却不急着叫我去帮忙,而是把我带到了南郊一个荒凉的寺庙。

在山脚,叔叔停了下来,他指着前面说:"去把那些落叶都扫了吧。"我定睛看去,地上到处都是落叶,我想,这么重的任务,就是两天两夜也干不完,我不由心虚地望了望叔叔。可叔叔的表情是认真而严肃的,我只得依言拿起了摆放在旁边的扫把和簸箕。

就这样,我一级台阶一级台阶地往上面扫。一个小时后,叔叔问:"你累吗?"说实话,我早就累得腰酸腿疼了,这样高强度的劳动,是我一直都未经历过的。但是我没有说出来,在叔叔坚毅的目光里,我只有选择坚持。

叔叔继续说:"我知道你累,但如果你换个角度想,你每扫完一级,你离山顶就近了一步,再扫完一级,又近了一步,每次你都能近一点点,这样去想,你就有无穷的斗志,才能越扫越快,越扫越有干劲。"

叔叔的话让我茅塞顿开。我把还没扫完的台阶以十级为一组,跟自己竞争着，看每扫完一组，用了多少时间。

就这样，到下午四点时，当我扫完最后一级台阶，站在山顶上时，突然充满了成就感。叔叔拍着我的肩膀说："孩子，人生和扫台阶是同样的道理，有目标，有梦想，才能激起你生命的斗志。"

我不由从内心里感激叔叔，是他带领我胜利完成了人生的第一次壮举，后来叔叔又告诉我，他其实并不想我一辈子就在他的手下混，他希望我能出人头地。

正如叔叔所预料的那样，两年后，在积累了大量的实践经验和人脉后，我开始脱离叔叔，自立门户。

在叔叔的帮助下，我成立了一家外贸公司，生意越做越红火。现在我正在湖南筹建我的第一家分公司。

梦想总是在远方，而我永远在拼搏的路上！

一只脚能走多远

张喜

他是我的一个朋友。

当他醒来的时候，身体已经被纱布包裹得紧紧的。母亲干枯的脸颊露出了久违的笑容。此刻，他已经昏迷了24天。除了依稀记得从悬崖上摔下去的情形外，他什么都忘了。

时间一天天地过去，身上的纱布也逐渐地减少。"不久就会痊愈了，你不要乱动哦。"这是母亲给他擦药时常说的话。只不过，母亲说话时总是欲言又止，像在回避什么。

不久后，上半身恢复了知觉，左脚也能动了。可是，右脚始终不能动。他问母亲。母亲总说："慢慢就会好的。"可一个月过去了，右脚的状况还是如此。

终于有一天，他忍不住了，从床上爬了下来，结果重重地摔在地上。他发现，原来自己的右脚再也不能行走了。

不久后，他出院了。他知道，面对坠崖的灾难能活下来已经很幸运了。可是，作为一名登山爱好者，没有了脚，内心比死还难受。

那天，趁母亲不注意，他拄着拐杖来到了山坡上。本想一死了之，可眼前突然看到的一幕让他怔住了。他看到一只狗在追一只野兔。那只兔子拼命地跑，可最后还是没能逃脱狗的爪子。当那只狗叼着野兔从他身边经过的时候，他发现野兔只有三只脚。那一刻，他的内心被深深地震撼了。他决定回家振作起来，重新开始自己的人生。

当回到家时，他看到了昏倒在房间的母亲。这时，他才得知，母亲已经得了绝症。在医院照顾他的那段时间，是母亲最开心的日子。也因为那样，她才奇迹般地多活了两个月。

他哭了。这么多年，他经常在外登山，很少回家，从来没有好好陪过母亲，所以，连母亲病了他都不知道。

母亲过世后，他回到了老家，把房子装修了一遍。他决定走出失去右脚的阴影，勇敢地面对未来的生活。凭着多年的登山经验，他开始写游记，出书。后来，书卖得很火，他渐渐成了小有名气的作家。他告诉自己：即使只有一只脚，自己同样也要走得很远。

绝望时，不妨跳出自己的圈子

王英

记得师范毕业后，我和同学都被分配到了一个偏僻的农村小学。

学校附近有两块地，一直没人打理。我们离家远，只好住校，闲暇时，我们便种起了西瓜，浇水、施肥、除虫……在我们的细心呵护下，当年摘下的西瓜足足堆了一间教室，我们把西瓜分送给同事和附近的农民，受到大家的一致赞誉。

第二年，我们仍然在原来的地方种西瓜，但后来发现，西瓜苗长势却没有去年的丰茂，开的花也少了，收获的西瓜自然也减产了，只有第一年的五成。我们以为是肥料的原因，到第三年的时候，足足施了一袋子肥料，但收成也只有第一年的三成。

我们几乎绝望了。第四年的时候，同学便说："要不，我们换块土地种西瓜。"在学校的后山里还有几块荒芜的土地。

于是，我们便改变了策略。距离虽然远了点，但不影响我们的热情。让我们欣喜的是，西瓜苗的长势又回到了第一次种植的光景，那年收获的西瓜比第一年还多了一半。

自从有了那次经验后，以后我们再种西瓜时，便不停地更换土地。问起老人，才知道西瓜极耗土壤的营养，一块土地就那么点养分，一次被吸干后，就必须休养生息，否则收获必然惨淡。

后来，我去了很多乡村考察，发现很多农作物比如辣椒，聪明的农户每年都会选择不同的土地种植。想来，这些作物的种植，如果不采取轮种的方式，再好的种子，再精心的照料，都无法取得好的收成。

生活中，我们每个人难免遇到各种各样的挫折，如果只局限在已有的思维领域里，就很难做出变通，受伤的最终是我们自己。遇到这种情况，我们唯有跳出自己的圈子，用发展的眼光看问题，另辟蹊径，方能在绝望中燃起希望，到达成功的彼岸。

跳出自己的圈子，其实是一种策略，它强调的是从外因入手，通过从头再来、重新奋斗的方式，改变自己的困境，最终获得成功。其实，这种策略和我们种西瓜是一个道理：一块土地不行了，就再换一块，种过了又再换一块。

朋友，当人生路上遇到绝境时，我们何不跳出自己的思维圈子呢？

那些写满梦想的琴弦

胡慧

从进门的那一刻起，我就一直留意她们。是一对母女，穿着相同颜色的连衣裙，颈上挂着相同的吊坠。年轻的女人，头上戴着一顶蓝色的帽子。而小女孩，牵着母亲的手，在前面蹦蹦跳跳，眼睛左顾右盼，看得出，这是一个聪明活泼的孩子。

但奇怪的是，女孩的左手总是插在口袋里，一动也不动。女人边走边说："小心点，小心点，别撞到了。"女人的脸上，始终是一副笑意盈盈的表情。

女孩走到一把吉他旁停了下来，女人的眼也亮起来，她指着吉他说："这是我最喜欢的乐器了。我和你爸爸的认识，就缘于它。"女人小心地触摸着琴弦，她的眼里散射出无限柔情。

"那一定是爸爸追你吧。妈妈，快给我讲爸爸追你的故事。"女孩兴奋地嚷。

在这个人来人往、吵闹喧哗的音响店，女人居然给女孩讲起了往事，但很奇怪的是，谁都没有去打断她，所有的吵闹也在数分钟后停止。

怕她站累了，服务员还专门给她搬了条凳子来。

女人走动的时候，大家才发现，她的腿有点瘸。

听服务员说，女人是这个店的常客，在这里卖乐器的基本上都认识她。女人是从北川搬过来的，以前是一家培训机构的音乐老师。

女人说到动情处，女孩就不停咯咯地笑。大家都跟着笑，轻松而愉悦的笑声顷刻洒满了房间。

直到说累了，女人才站起来，发现那么多双眼睛都在关注着，女人的脸一下红了。

女人将女孩抱到了弹钢琴的凳子上，我听见女人说："好好弹，用心弹。"然后就在旁边的凳子上坐下来。女人摸了摸脖子上的吊坠，然后朝女孩点点头，女孩这才伸出一直插在口袋里的左手，我分明看见，她的左手少了两个指头。

女孩把左手放到了琴键上，一串流畅的音乐便如行云流水般泄了出来。女孩试图将音域拉得更宽一点，她的整个身体都左右摇摆起来，但是她失败了。她每失败一次，就把头扭过来，女人朝她点下头，女孩也点点头，信心满面地转过去。

我终于忍不住了，坐到她旁边，我说："你是音乐老师，为什么不过去亲自教她呢？"

女人说："我得让孩子学着长大。"沉默了一会儿，她又说："等几天，她就要参加一个省里的比赛。你也知道，那场该死的地震，让她少了两根手指，她一直都很灰心，认为自己将来再也不能弹琴了。直到前天，我才劝服她，现在我要做的，就是让她重拾信心，让她知道，即使少了两根手指，她也能和正常人一样生活，甚至比以前活得更好。"

"那为什么不叫父亲来陪她呢？"

女人摸了摸吊坠，声音有点低沉："他就躺在这里面呢。"见我惊讶，女人告诉我，她的丈夫是名军人，在抗震救灾中英勇殉职。

我的心一紧，连忙说："那孩子知道吗？"

女人摇摇头，朝孩子点点头，然后对我说："我不敢说，父亲一直是她的精神支柱，我怕她知道了，承受不了，我只能说，父亲去执行一项绝密任务了，要十年后才回来。"

"这她也信？"

"是的，她一直以她的父亲为骄傲，为了不穿帮，我每半个月都要让我

的同事以她父亲的名义邮寄一封信。"

"可是孩子终有一天会知道的啊？"

"是的。"女人平静地说，"但那个时候她已经长大，她已经明白，痛苦其实是生活的一部分。可是你现在叫我怎么办？告诉她？将她刚刚愈合的翅膀又重新折断？她还只是一个孩子，一个六岁的孩子。"

女人看了看吊坠，继续说："今天她突然告诉我，她好想拿到第一名，我想，她又做回了从前。真好！"

女人又看了看孩子，然后站起来："今天的时间已到了，老板答应我们，每天让我们免费练习两个小时。"

女人招了招手，女孩一溜烟地跑过来。

我送她们出去，女孩突然挽着我的手说："叔叔，我一周后要参加全省钢琴比赛，你一定要祝福我哦。等我拿了第一名，你请我吃冰激凌。"我鼓励她说："那当然。"

还有什么可说的呢，眼前的这对母女已经彻底地恢复了自信和勇气，我只有远远地祝愿她们，衷心地祝福她们，从此不再受到任何的伤害，从此快乐健康地生活。

第二辑
走下去，前面还是你的天

　　爱，冰冻了五分钟，却产生了一百八十度的改观。往往事情出现糟糕的结果，是因为爱太深的驱使，把爱冰冻五分钟，让事情回归理性的怀抱，再坏的事情也会慢慢好转起来。

春天里最美的风景

胡慧

我是在茶楼遇到他的，他提着一个公文包，几缕稀疏的山羊胡在人潮中格外显眼。我曾做过多年老年报记者，这样的男人是我每天关注的对象。在好奇心驱使下，我决定不急不慢地跟着他，他在一条街的拐弯处停下，朝路边的几个小贩友好地笑笑，然后转身走进了一家饭店。饭店不大，里面稀稀落落地摆着几张桌子。等他再出来的时候，已经换上了厨师的服装。

我很惊讶，因为这个店里至今没有一位客人，可他却紧张地忙碌着，洗菜，切菜，像是在等一位重要的客人。

我缓步走了进去，他看了我一眼，有点惊讶地问："吃饭？"然后笑了，"现在还早呢。"

我跟着笑，跟他攀谈起来。他告诉我，他在街那边还有家茶馆，过段日子就会把这家饭店转让。

"其实都已经谈妥了，"他转过头来说，"只是有件事我还割舍不下，所以一直拖到现在。"

他准备炒菜的时候，有一个拖着一个麻布袋的小男生从远处朝这边走来，我看见男人的脸上马上露出笑意来，莫非这就是他要等的贵客？

小男孩把装满空瓶子的麻布袋放在一边，然后快乐地说："叔叔，我要和昨天一样的菜。"

男人示意小男孩坐一会儿，小男孩的眼睛左顾右盼，看得出，这是一个聪明活泼的孩子。

男孩从身上摸出一张皱巴巴的人民币，男孩说："妈妈说的，这是给您的医药费。"

是张十元的人民币。男人的眉头顿时打结，男人说："不是说好了，拿瓶子抵押的吗？"

男孩抿着嘴说："妈妈说，那还不够。她只想不欠您太多。"

我去厕所的时候，听见后面几个人在小声议论着，一个说："看，又来吃白食的了，真搞不懂，余老板心肠咋这么好？"另一个说："我看这小孩斯斯文文的，打扮得也不像穷苦人家的，怎么就干些骗吃骗喝的勾当？"

回来时，我终于忍不住，坐在了小男孩的旁边。我说："你妈妈病得重吗？"

男孩低下头："是的。很重，咳嗽，有时还吐血。"

"那你爸爸怎么不送她去医院呢。"我看了看男孩，他洗得一尘不染的白衬衫，在阳光下闪闪发光。

男孩的声音有点低沉："我爸爸不在了，妈妈说他去了远方，不会再回来了。"

我的心一紧，我说："你知道你妈妈得的是什么病不？"

男孩摇摇头："妈妈说，她得的只是感冒，吃点药就好了。"

"大概多久了？"我继续问。

男孩平静地说："两个月了吧。我想让妈妈的病早些好起来，这样她就能继续教我读书写字了。"

"所以你每天都在捡废品，赚点钱只是想让妈妈吃好点，早点好起来。"

男孩点点头："其实我什么都干过，做过砖工，卖过报纸，也进过工厂。"男孩感激地望了望正在炒菜的男人，接着说，"叔叔说他有个朋友开废品店，所以他让我捡点废品来，挣的钱就给妈妈买药。"

过了一会儿，男人把菜都炒好了，男人找了个保温瓶，盛好，摆在男孩的面前。

男孩起身说："叔叔，我给你钱。"他在身上窸窸窣窣地摸着，不一会儿就摸出一把零碎的钞票来。

男人微笑着，从中间拿起一枚一角的硬币，男人说："一枚，一枚就够了。"

男孩说："谢谢。"把钱收好了，提着保温瓶，男孩又说："那叔叔我明天还可以来吗？"

"当然要来。"男人说，"明天我让医生陪你去看看。这样你妈妈就能快点好起来。"

大概是心疼家里的母亲，男孩快步朝前走。走到拐弯处的时候，男孩回头朝我们挥挥手。

我看见，男人的脸上垂下一滴泪。

"真是个苦命的孩子。"男人说，"没了父亲，母亲又病了，在这个城市里无依无靠。可是有什么办法呢，我能帮的也就这么点。"

我突然叹了口气。

男人又说："我知道他们不会白受我的恩惠，所以我只能采取这种方式来帮助他们，你看。"顺着男人指的方向，我看见另一间房子堆满了男孩捡来的废品。

"所以你一直不肯转让饭店，为的就是这个孩子？"

"是的。我答应过自己，"男人最后说，"只要能帮助他们一天，我就会来这里一天。哪怕，只有他一个顾客，我也会坚持。"

男人走的时候，一个斜斜的影子映在我的心里，我知道，这是我整个春天里见到的最美的风景。

大山里最美的人

胡慧

　　我是经人介绍才知道那个小学校的。学校隐在大山的深处，如果不是刻意寻找，即便是经过，也不会把那两间破烂的房间想象成一所学校。一块黑板，二十张桌子，那就是男人的全部家当。男人高中毕业后，就一直在这个学校里待着，他的年龄和这个学校一样沧桑。

　　此后，我就经常来这个学校听课，搬条凳子，坐在后面，听男人讲解数学运算，或者和同学们一起唱男人自编的儿歌。每次去，男人都很兴奋，他热情邀请我到他家做客，他家就在另一间教室里，一块屏风分成两块，里面是卧室，外面是客厅。男人就坐在门口处，眺望着远方，目光里充满了期待。

　　与男人慢慢熟了起来。男人告诉我，他高中毕业后，本来是和几个同龄人一起去沿海打工的，可是父亲却拦住了他，父亲想让他去村小学当代课老师，男人就这样留了下来。男人说，其实中途也想过要走的，毕竟太苦了，就一个人撑着，从一年级教到六年级。可是每一次连包裹都收拾好了，走到学校门口时，却再也无法踏出一步。男人还说："别看我这辈子没出过远门，其实我知道的事情还很多！"

　　男人知道的确实很多，比如说起世博会，说起房价调控，男人顿时头头是道，我不禁纳闷，在这个几乎与世隔绝的大山里，他是怎样做到的？男人就笑，他拿出一个破烂不堪的收音机说，靠这个。又说，其实，不管在哪里，都得有志向、上进，就像大山，再大的风雨，也不会折眉。男人还说，人可以穷，

但不能穷知识，自己可以苦，但不能苦孩子。

我望着他，敬佩之心油然而生。男人在这个大山里过了一辈子，但他的心却从没被尘世所淹没，他说到了上进，说到了知识，说到了志向，他把一种坚守做成了最美的事业。

我说："你现在最需要什么呢？"男人低头沉思了一下，说："书吧，孩子们最缺的就是好书，能拓展视野、丰富知识的好书。"回来后，我和几个出版社联系了一下，特意给他们送去了一批书。之后，因为出国学习的关系，我有大半年没去他那里，等再去时，两间瓦房已经成了一堆碎砾。后来我才知道在一场大风中，男人的房子被刮倒了，为了救孩子，男人被掉下的砖头砸伤了，所幸没有生命危险。

男人仍然在教书，不过已经搬到了一排民房里。房子不是太宏伟，却布置得非常温馨。我去时，男人正在地坪里砌一张乒乓球台。见我过来，男人连忙放下手中的灰桶，跑过来，伸出溅满水泥的手，又缩回，讪讪地笑。男人说，要不是村里集资建了这排民房，他都不知道自己将来要去做什么。男人带着我去参观他的学校。令我惊讶的是，四间教室都被装饰得浑然一新，雪白的墙壁，崭新的课桌，虽谈不上豪华，但处处透着勃勃生机。男人告诉我，现在学校里一共有五位老师，都是他的学生，从这里走出去，又回到了母校。男人的魅力，无处不在。

更让我惊讶的是，还有一个专门的图书阅览室。三个大书架，一字排列，架子上的书分类都很详细，十张桌子，整齐划一。桌子上还放着免费的茶水和笔。男人说，每到周末，这里就会人满为患，老人孩子都喜欢来这里喝茶看书。男人笑着说，有时候人太多，就只好把上下午分开，上午对学生开放，下午对乡亲们开放。问他，周末都耗在了学校里，不累吗？男人说："累也值啊，看着他们早上幸福地来，下午满意地离开，这不正是自己所追求的吗？"他说，等凑点书，他准备再建一个房子，弄一个大一点的图书馆，让全村的人都能看上书，都能看好书。他笑了，加一句，如果有条件，他希望再建个篮球场，让孩子们的业余生活更丰富点。

那个下午，我把我带来的两箱书都放在了他的阅览室里，我和他一起忙着给书分类，等忙完了，我说："我还会来的。"男人就笑："等你再来时，这里肯定有了新变化。"

我相信男人的话，我想男人能在大山里一待就是三十年，正是缘于他对学生的热爱、他对教育的热爱、他迫切想通过知识改变大山贫困的期待。一个朴实的男人，把本来只有一个人的学校，办成了现在的规模，并且还在壮大中，我没有理由不敬佩他。

从没走出过大山的男人，也许很多人会说他狭隘，可是这并不妨碍他现在所做的一切。男人说："知道吗？虽然我失去了很多，比如金钱，但我收获更多，能为大山尽一份绵薄之力，这就是我此生最大的价值。"说到这里，男人笑了，男人的脸上洋溢着期望，与一年前的沧桑，已经大不相同。

有什么理由不去支持他呢，这个大山里的男人，无论是他的睿智还是他的上进和责任心，都值得其他人去效仿。这样的男人，无论是在现在还是将来，都是大山里最美的人。

走下去，前面还是你的天

胡慧

汤恩·罗伯特是个旅行家，他最大的梦想就是沿着中国的边界徒步走一圈。他认为这是一次史无前例的野外旅行。为了这个梦想，他整整做了一年的准备，在正式离职以后，他认为时机已经到了。

背上厚厚的旅行包，他从新疆出发，不几日，就走了 200 多里，每天他都会和家里人联系，报告旅行的最新进程。

可他没料到，一场巨大的龙卷风会不约而至。为了活命，他只得扔下了他的旅行包，跑到一棵树上，死死地拽住，但仍没有幸免。两个小时后他才发现自己被龙卷风刮到了一片不毛之地，除了挎在身上的一个小包，他的一切生活用品都被龙卷风带走了，他几乎变得"一无所有"。更为糟糕的是，他的手机也没电了，这就意味着他将得不到任何援助。

恶劣的环境再加上食物的短缺把汤恩·罗伯特推到了绝境。此时，汤恩·罗伯特清楚地知道，如果不能走出这个无人区，他将很难再见到家乡的太阳。

为此，他不得不强行逼迫自己向前走，累了就倒在路上小睡一会儿，醒来了就继续向前。没吃的东西，他只得寻找无人区里那些仅存的稀有小草，抓一把就塞进嘴里。挎包里仅有的一瓶水，他只在渴得无法忍受的时候去舔一下，在最艰难的时候，除了靠信念的维持，他别无所托。

夜晚很快来临，因为是无人区，夜里气温从 30 多摄氏度下降到零下 5 摄氏度，他感到了明显的寒意，赶紧躲进了一个岩洞里。饶是如此，他还是被冻伤了。

在常人看来不可思议的旅行中，罗伯特却整整坚持了二十五天，白天拼命地前行，与炙热的气温搏斗，与随时席卷而来的龙卷风斗智斗勇，晚上则钻洞找落叶同床共枕。

最后一天的行走，他看见了山那边的炊烟，却不料突如其来的龙卷风再次将他裹了起来，扔进了浩瀚的湖水里，巨大的冲击让他短暂昏厥过去。但是他又奇迹般地醒了过来。让人更难以想象的是，他开始朝岸边游，累了就浮在水上休息，饿了就喝几口水。四个小时之后，他终于到达了岸边。

他成功地得救了。汤恩·罗伯特也成为了首个在无人区跋涉 25 天后奇迹生还的外国人。这 25 天内，他瘦了 25 公斤，指甲长了 7 厘米。

在获救后第三天，他给家人打去电话，他告诉家人自己还活着。

很多人都觉得这样的事情像天方夜谭，但是他做到了。面对媒体的采访，他只说了一句话："每个生命都是一种行走，走下去，前面还是你的天。"

人一生何尝不是一种行走，当独自面对，才发现除了自己，你一无所有，也正因为只有靠自己，你的潜能才会无所保留地被激发出来。

所以，面对困境时，千万不要郁闷和气馁，坚持走下去，前面还是自己的那片天。

让爱冰冻五分钟

王晓春

五一节去姑姑家，姑姑告诉我一件事："你二叔快和杨大哥打起来了。"我顿时吃惊不小，二叔和杨大哥都是社区里的模范代表，都是喜欢热心帮助别人的良好市民，这两个口碑不错的好男人怎么就闹腾起来了呢？

记得前年我研究生毕业后刚回到家，二叔和杨大哥同时来火车站接我，那个时候，他们俩关系很铁，有事没事地经常彼此串门。

然而就是这么两个看起来和睦的人却因为子女闹起了矛盾。

事情是这样的：因为两家关系好，二叔杨大哥的女儿小玲、小莉也经常一起玩。有一次，两个小丫头便商量着去野外探险，谁知在摘农户家橘子时，小玲被农户家的看门狗咬伤了，小莉临危之中，拿起砖头把狗给打伤了，这样一来，农户不仅拒绝赔偿，反而向她们索要爱犬的医疗费、营养费，还闹到了杨大哥的单位。

杨大哥很生气，因为是二叔的女儿提的建议，他便去找二叔理论，让二叔出伤狗的钱，二叔不肯，自然就吵起来了，若不是姑姑及时赶到，两人现在怕是都住进了医院。

现在两人闹得很僵，谁都护着自己的宝贝女儿，谁也不肯让步，还闹到了居委会。杨大哥执意，就算是打官司，也要给自己的女儿讨回一份公道。

我连忙赶去居委会，正好赶上居委会的工作人员带他们去医院，来到小玲所在的病房外，居委会的人说："现在你们都别给自己的女儿说好话了，只要五分钟，看看孩子们怎么说。"

　　说也奇怪，居委会的工作人员还没开始讲话，一直陪在小玲身边的小莉主动承认了自己的错误，表示愿意承担一切费用，说着便把自己多年积攒的零花钱掏了出来。而小玲也把自己的零花钱拿了出来，她说，要不是自己提议去野外探险，要不是自己提议去偷橘子，便不会发生这么多的事，赔钱的应该是她而不是小莉。后来，两个丫头去农户家道歉，还帮他摘了半天的橘子，出乎意料地，农户不仅没要她们赔钱，还认了两个聪明伶俐的小丫头做干女儿，说要帮小玲出医药费。二叔和杨大哥冰释前嫌，关系也更好了一层。

　　爱，冰冻了五分钟，却产生了一百八十度的改观。往往事情出现糟糕的结果，是因为爱太深的驱使，把爱冰冻五分钟，让事情回归理性的怀抱，再坏的事情也会慢慢好转起来。

在心中立块碑

余显斌

他败怕了，真的。

第一次考试，他还是中等生，感觉还可以。可是，到了期末，就双脚一滑，把持不住，落在了班级后十名，以至于回去，都不敢面对父亲，就在成绩单中悄悄做了手脚，把分数偷偷增加了一倍。

父亲见了，高兴得乐呵呵的，连连点头道："好样的，不错！"面对父亲的夸奖，他心里沉甸甸的，很不是滋味。

这次考试，他不想再失败了，他感觉到，自己失败不起。

办法很简单，瞅老师没注意，他偷偷地翻书。监考的，是自己的班主任，坐在讲台上，听到响动，抬眼望了一下。他忙停止动作，低下头，假装认真地做着卷子。

班主任站起来，慢慢走过来，他的心跳加快。

轻轻踱到他面前，班主任停了一下，看看他的卷子，然后拍着他的肩轻声道："认真做，不错。"一脸的笑，说完，转身又轻轻走了。他的心里一松，既而感到暗暗好笑，班主任高度近视四百多度，怎么看得清呢？自己太小心了，以至于虚惊一场。

于是，他决定，继续抄下去。

下一场考试，他依然这样，悄悄翻起书来。又一次，班主任听到轻微的响动，望了过来。这次，他胆子大了，缩起脖子，一笔一画地抄起来。好在，班主任没发现他。

就在他抄得聚精会神时，突然听到一声咳嗽，一惊，抬起头来，班主任背对着他的桌子，正挡着他。门口一暗，巡监来了，走到他面前。

巡监可能在窗外发现了他的小动作，轻声问道："干什么啊？"

他一时满脸通红，鼻尖出了汗，不停地说："我没抄，我——我——"班主任也笑笑，对巡监轻声解释，他有一道题看不清，问自己，自己正过来准备看看呢。说着，随意指了一道题，让巡监看。巡监读了，笑笑，低声道："很清楚啊！"然后转身，轻轻走了。

班主任笑笑，拍了一下他的肩，也悄悄走了。

他的心"咚"一声，由高处落回原地，伸手一摸，一头的汗。他实在不敢想象，如果班主任不打掩护，如果巡监发现了他作弊，后果会怎样。因为，考试之前，学校曾公布了规定，舞弊者，将在全校通报。

如果那样，自己的面子就丢大了。

如果这样，自己以后有何脸面见同学。

想到这些，他有点不寒而栗。接下来的考试，他规矩多了，认真读题，认真思索，认真答题，再也不敢抄袭了。

考后不久，成绩公布出来，一下子，他跃入班级前二十名，同学们望着他，眼里满是敬佩，满是仰慕，可他却低着头，一声不吭，一点儿也没有胜利后的快乐和舒畅，相反，心情更沉重。

那天，班主任把他叫进办公室。

他们教室，为了高考方便，都装有监控探头。班主任笑笑，把监考录像放着让他看，录像中，他抄袭的动作，一举一动都被录了进去，甚至包括巡监的到来，也被录在里面。又一次，他红了脸，鼻尖冒汗。班主任告诉他，这是巡监送的，说让他看看，会对他有好处。

他轻声道："我错了。"

班主任没说什么，点点头道："我和巡监都违纪了，但是值，因为，我们保护了一个学生的自尊！"最后，班主任严肃地告诉他，这份来之不易的自尊，希望他以后保护好，千万别弄丢了。

他红着眼圈，无声地点点头。

以后，他一步一个脚印，走过中学、大学，一直到社会，从不作假，因为，在高中的那间办公室里，班主任就为他的自尊立了块碑。这块碑，一直，他不敢让它倒下。

因为，他知道，身后，有两双眼睛看着他。

把一碗面卖到 8 万

王凤英

从百度里搜索：郑州天价"牛肉面"，一碗 108 元；杭州天价"大富大贵面"，一碗 588 元；日本一家饭店曾将一碗面卖到 110 美元的天价，也不过折合人民币 693 元。而我们今天所说的主人公山西小伙王军，却将一碗面卖到了 8 万元的天价。

王军出生在山西一个贫寒的家中，13 岁那年，父亲因病去世，这无疑使这个风雨飘摇的家庭陷入了绝境。为了让学习成绩优异的哥哥能上得起学，小小的他毅然放弃了学业，决定到小饭馆打杂挣钱供养哥哥。在饭馆里，他扫地、洗碗、掏地沟，什么脏活累活都干，但换回来的却是一点微薄的工资。一次，他感冒发烧，误了一天工，第二天就被老板无情地辞退。

这无疑把他推到了绝路。然而，天不绝人，就在他走投无路之时，却看到了一家大饭馆门前张贴着一张招刀削面学徒工的告示，尽管三个月试用期没有工资，王军还是决定留在这家店当学徒，为的是掌握一门技术，将来就不会被老板轻易炒掉了。

于是，王军每天起早贪黑地忙碌，就像一只不知疲倦的陀螺一样。三个月后，刀削面师傅看他干活勤快，就留下了他打下手。为了讨好师傅，王军不但工作很卖力，还帮师傅洗脚、洗衣服。精诚所至，金石为开，师傅终于开始让他接触面粉了。第一次站在案台前揉面，王军心里就像喝了蜜似的，仿佛自己从事的是一项了不起的事业。

一年后，14岁的王军终于能独立削面、打卤了。然而，王军并不满足，他每天虚心向师傅请教做面食的各种技巧，并用心去琢磨。

那时候，每当别的面食师傅一下班忙着谈恋爱、泡网吧、打牌、喝酒的时候，王军却在宿舍里埋头练削面、拉面。酷暑严寒，王军每天在住处苦练技艺，并为自己订下一个训练标准，每次都要练出一身的汗来，否则就绝不停下。一段时间后，他竟将手里的面团玩得炉火纯青。他不仅可以双手左右开弓同时擀12张饺子皮，还可以不费吹灰之力做出一桌子全面食，更奇特的是，他做出的最细的拉面，竟然能从针眼里一次性穿过30根。

当成为高超的削面师傅后，王军觉得很难再突破自己了，除非有所创新，否则他不可能在这一行崭露头角，可该如何创新呢！他一时毫无头绪。

一天，他无意中在电视上看到，一位厨师竟能骑在独轮车上飞刀削面，而且是用两把刀将面团放在头上"盲削"。厨师精湛的手艺，不时引得台下观众连连喝彩，也使得王军兴奋不已，那一刻，王军觉得自己似乎找到了努力的方向。

接下来，王军以500元的价格买了一辆二手独轮车，辞职回到山西老家，闭门苦练独轮车上飞刀削面。可是，练独轮飞车谈何容易，因为不是专业杂耍人员，王军一次次从车上摔了下来，膝盖摔破了，他自己简单包扎一下再接着练，就这样，又是一年零三个月，他终于练就了骑着独轮车在头顶上削面的绝活。

功夫不负有心人。2007年，王军参加日本全球美食节，以2分15秒的速度创造了世界上最快的和面、抻面、拉面全过程，获得了表演金奖。2008年9月，中央电视台三套节目《欢乐中国行》特邀王军为表演嘉宾。在动感的音乐中，王军骑着独轮车，头顶着面团，手拿锋利的刀片，以熟练的刀功、优美的动作，让一米外的几个碟子里落满了刀削面片，引来了现场观众的阵阵喝彩。就连主持人董卿也为王军的表演所折服，感叹说："真是令人大开眼界，你简直就是一位魔幻厨王啊！"

2010年2月，王军在参加青海卫视的一档人际互动节目时，面对他精湛的厨艺，评委们建议他现场做一碗面进行拍卖。没想到，他以"世界最快速度"做出的那碗面，居然卖到了8万的天价。

如今的王军被称为"中华面王"，手上功夫了得，能蒙眼雕天鹅，还能在气球上切肉丝，此外，还拥有三项吉尼斯纪录，在全国众多高规格舞台做过表演嘉宾，不仅申请了个人专利"魔幻厨王"，并且打造出中国第一个饮食文化魔幻厨王艺术团队，年收入也高达百万元。

从一个普普通通的面馆师傅，到年收入百万元的"魔幻厨王"，王军的成功秘诀告诉我们：再卑微的职业，只要你肯付出，多琢磨，并努力创新，就一定能把它做到极致。

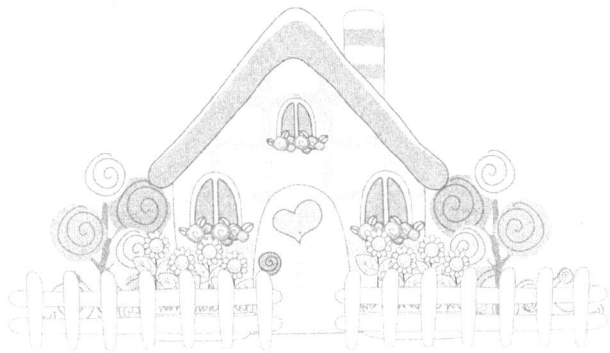

比尔·盖茨佩服的人

李建珍

艾尔弗雷德·斯隆这个名字可能很多人不熟悉，他写过一本书——《我在通用汽车的岁月》，也可能很多人没有听说过。但是，比尔·盖茨的大名估计当今社会无人不晓，盖茨对斯隆的推崇从他的一句话中可以想见："如果你只想选一本商业著作来读的话，我认为，艾尔弗雷德·斯隆的《我在通用汽车的岁月》可能是你所能读到的最好的商业著作。"

管理大师彼得·德鲁克早已记不清曾经向多少人推荐过此书了："只有屈指可数的商业著作能够历经数十年的考验而成为经典，毫无疑问，《我在通用汽车的岁月（斯隆自传）》，就是这样一本伟大的著作。"《商业周刊》把它放在"绝对必读书架"的第一名；《财富》杂志则把它列为 CEO 必读书。

今天，当通用汽车公司陷入破产的困境时，很多人想起了斯隆，有人甚至提出：如果斯隆回来……

是的，斯隆，在他当通用汽车 CEO 期间，通用汽车经历了 1929 年世界范围的经济大萧条，然而，天才的他带领通用汽车度过了那段艰难岁月。不仅如此，从 1930 年开始，通用汽车在他的领导下发展迅猛，很快就成为了全球最大的汽车制造商。

艾尔弗雷德·斯隆，1875 年 5 月 23 日出生于康涅狄格州纽黑文市，父亲是布鲁克林的茶叶咖啡进口商。斯隆小时候对机械和企业并无兴趣，是个传统的"书蠹"。15 岁开始，斯隆一再向麻省理工学院递交求学申请，起先一再被退，但他不气馁，一年后终获批准。20岁的时候，他成了麻省理工学院年纪最小的毕业生，毕业后到海厄特滚珠轴承公司当绘图员。1897年由他父亲提供经济援助，买下了海厄特公司的股份，掌握了控股权。这家公司后来成为汽车工业轴承的主要供应商之一。22岁的斯隆开始展现管理方面的天分，他后来写道："我们的经营管理达到了当时企业管理最科学的程度。我们的工厂组织严谨。95%左右的生产性劳动用于计件生产。我还设立了有效的成本核算体系。在我们的工资单上有化学家，也有冶金学家。从原料到减磨轴承，每一步都以科学方法进行检验。"

海厄特公司向大部分汽车制造商出售轴承，但最大的两家买主是福特公司和通用公司。这使斯隆深感不安："我们的核算提示了一个令人不安的事实：公司一半以上的收入来自福特公司，另一个大主顾是通用公司，其他顾客与之相比都相形见绌。如果福特或通用公司自建轴承厂，我们的公司岂不身处绝境？"认识到这一点之后，斯隆在1916年把海厄特公司以1350万美元的价格卖给了通用公司。然后，斯隆做了通用汽车公司的副总裁。

1921年的时候，美国经济出现了一个低潮，通用第一次差点儿破产，这次危机，通用靠斯隆提出的专业化的财务管理模式得以挽救。

1923年，斯隆被提拔做通用汽车公司的总裁。在这个位子上，他建立了一套现代化管理制度，并成为典范，从此以后，美国很多的公司都效仿。

关于通用汽车公司的管理，斯隆主要做了两件事情：第一，提出按照市场的需求做预测，安排生产计划，这个想法在当时是一个创举，因为那个时候很多企业都是凭感觉下单子。当大萧条来的时候，通用汽车没有因为有大量卖不出去的库存而导致破产。第二件事情，是对旗下八九个不同品牌的分公司的资金实行集中管理。通过公司内部的集中调配，使他们减少了对银行的依赖。斯隆的这两个举措使得通用汽车安然度过了1929年开始的经济大萧条危机。

此外，斯隆第一个提出贷款买车的概念，成立通用汽车金融服务公司，专门为买车人提供贷款，这个办法一直延续到今天。斯隆还有一个非常大的贡献，就是提出了"职业经理人"的概念，理顺了总公司和分公司的关系。

为了有效地和福特竞争，他还提出了一个新的概念，叫作"主动报废"，就是说每个分厂每年都要研发出一款新的车型，而福特汽车公司一款 T 型车就卖了 20 年，没有竞争力。

斯隆的这些做法为后来美国企业的发展树立了光辉的典范。退休后，他写了一本书，叫作《我在通用汽车的岁月》，这本书一经出版，就吸引了大量的企业管理的研究者和许多企业的经理人。如今，这本书已经成为西方管理学的经典著作。

大萧条成就了斯隆，斯隆成就了危机中的通用汽车。在顺境里，纵然有本领也没有历练的机会，只有在危机中，有才华的人才有凸显的机会。

别小瞧任何一种职业

周礼

他出生于德国一个普通的家庭，父亲是当地一位小有名气的鞋匠，从小到大，他穿的鞋子都是父亲亲手打造的。父亲做鞋的技术十分精湛，做出来的鞋子不仅舒适耐穿，而且新颖别致，他穿在脚上，总能引来小朋友们羡慕的目光。小时候，父亲一直是他心目中的英雄、崇拜的偶像，他曾暗暗发誓，长大以后也要做一名像父亲那样的鞋匠。

可是，随着他一天天长大，父亲在他心目中的高大形象开始一点儿一点儿地泯灭。特别是当他进入中学后，发现同学的父亲不是政府官员、富商，就是律师、医生时，他心中仅存的那点儿自豪感随之荡然无存。他感到十分自卑，从来不去父亲工作的地方玩，也从不让父亲到学校来找他，每每有同学问起他父亲是做什么的时候，他要么撒谎，要么支支吾吾地跑开。

有一次，他与一位同学闹了矛盾，那位同学不知从什么地方打听到他的父亲是一位鞋匠，于是当着全班同学的面，指着他的鼻尖大声地骂道："一个臭鞋匠的儿子，有什么了不起的！以后少在我的面前装腔作势。"那一刻，他的自尊心受到了莫大的伤害，真恨不得找一条地缝钻下去。

这本来只是同学的一句戏言，而他却当了真，并把所有的罪过都归结到了父亲的身上。那天晚上，他回到家里，愤怒地朝父亲吼叫道："你为什么不是政府官员，为什么不是富商，为什么不是律师，为什么不是医生……社会上那么多种职业，你为什么偏偏选择做鞋匠呢？"

听了他的哭诉，父亲没有生气，而是极力地宽慰他说："孩子，鞋匠怎么了，我们不偷不抢，靠自己的双手吃饭，有什么好自卑的？再说，无论是总统，还是平民百姓，只要他在这个世上生活，就得穿鞋。如果没有我们这些鞋匠，那些嘲笑你的人就只能光着脚丫在大街上行走了。你可别小看做鞋这项工作，如果你做好了，大家都喜欢穿你的鞋子，那么你将成为本世纪最了不起的人。孩子，你务必记住，无论什么时候，别人可以看轻你，但你自己绝不能看轻自己。"

听了父亲的回答，他的眼前不觉一亮，是啊！全世界有 60 多亿人口，如果有一亿人穿自己做的鞋子，那将是一笔巨大的财富。从那以后，他不再自卑，开始跟着父亲认真地学习做鞋的技术，并且在传统工艺的基础上进行了大胆的创新，发明了七百多种与运动相关的专利产品，生产出了世界上第一双运动鞋、第一双冰鞋、第一双多钉扣鞋、第一双胶铸足球钉鞋……当别人再次问起他父亲是做什么工作的时候，他总是理直气壮地说："我父亲是一位了不起的鞋匠。"

多年后，他成了世界上一个响当当的风云人物，他的产品成了专业运动员和普通市民追捧的时尚，他就是风靡全球的体育用品制造商阿迪达斯（adidas）的创始人阿道夫·达斯勒（AdolfAdiDassler）。从创业至今，阿迪达斯一直是行业的领跑者，产品远销世界 150 多个国家，每年的营业额达到几十亿美元，而这个奇迹的创造者就是一名鞋匠的儿子。

阿道夫·达斯勒的故事告诉我们，不要轻视自己的出身，也不要小瞧任何一种看似不起眼的职业，只要从实际出发，抓住身边的每一次机会，你会惊奇地发现，你的心胸有多宽广，你的理想有多远大，你脚下的路就有多长。

播种梦想

纪广洋

在我的家乡，一个千把口人的小村庄，在短短的二十几年的时间里，出了 60 多个大中专学生，出了将军、市长和科学家。截止到目前，已有 100 多人以各式各样的优异成绩、以各式各样的出类拔萃，走出这个小村，散布到各行各业，散布到全国各地以及美国、德国、俄罗斯、澳大利亚等地。

改革开放以后，这个小村人才辈出的同时，村容村貌也发生了根本的变化，统一规划的两层小楼雨后春笋般相继林立在曾经贫瘠的土地上。邻村的人们非常羡慕地望着这个奇迹般巨变着的小村时，本村的人们却非常崇敬地望着村中的两间低矮的小土屋—那是规划街道时特意留下的唯一的旧房屋，因为这两间旧房屋里曾经居住过一位非常神秘的老者，他在被称为"文化大革命"的十年动乱中来到小村，一住就是七八年的时间。当时的大队"革委会"（即现在的村委会）接到的介绍信上，老者的名字是"郭乃时"，身份是一个"应予保护"的老右派、一个退休的"老教授"。后来，村里的领导看他的身体状况还不错，就安排他在村里的小学当语文教师，他欣然同意。跟他一起来的整天陪伴他、伺候他的"儿子"，后来也安排在小学里，教数学。人们就称他俩为大郭老师、小郭老师。

小郭老师很少言语，大郭老师则非常健谈，不仅把课讲得忘了放学和吃饭，还常常主动接触一些年轻人，给他们讲天文地理、讲人生理想。而他老人家最拿手的是圆梦和相面，他不仅给别人圆梦，还常常圆自己的梦说别人的事儿。

有一天早晨，他对另一位青年教师说："我昨晚做了个梦，梦见你参军了，而且成了一名肩星闪烁的将军。"青年教师就问他："你怎么做了这么个梦呢？"他说："也许是我白天想过这些事儿的缘故，我看你气宇轩昂、性格刚毅、办事果断，不适合做一辈子的教师，而应该是名响当当的军人……"在老者的鼓动下，第二年，那位青年教师就应征入伍。二十多年的时光里，那位青年教师，寻味着老者的将军梦，从冰雪的哨卡、从青藏高原、从老山的猫耳洞里，一路征尘、阔步走来，真的成了一名将军，现供职于国防大学。

有一年秋天，老者当面夸奖邻家刚中学毕业的女孩，说她不仅长得漂亮，还有一脸的福相。并说，他从收音机里获悉，那年的冬天要开挖一条大河，到时候，工地上一定需要播音员。他当场把收音机借给那女孩，鼓励她好好练习普通话……后来，那个女孩真的从工地播音员到乡播音员再到县宣传部，十几年后竟成了一位政绩不菲的女市长。

在村里的一个建筑工地上，老者对一个小伙子说："我一看你的手，就知道你是心灵手巧的那种人，而且是吃官家饭的人，这个小村是留不住你的。好好钻研业务技术，多读读有关的书籍，将来准能派上大用场。"而今，那个搞建筑的小伙子已是一名桥梁专家，曾到坦桑尼亚等国指导那里的援建项目。

就这样，在他的点化挖掘下，在"文革"末期和改革开放初期的几年时间里，就有十多人通过参军或其他渠道走出了小村，在更广阔的天地里开始一种崭新的人生征程，为社会、为国家成就着栋梁之材。

等我渐渐长大，有机会和他接触时，已是1980年了（就在那一年的秋天，他被由军警护送的专车接走），那时我正上初一。记得是他找的我，说是想看看新版的教材。于是，我俩聊起来。我对他说，村里的人们都快把他当神看了，对他的身份开始有各种各样的猜测，并好奇地问他，在十年浩劫的岁月里，他是怎么保留梦想、看到希望，并将它们寄托、播种在年轻一代的身上的？

那时，在他的点化和前面几个成功者的影响下，小村里的军官、干部、大学生已明显地多于其他的村庄了。

他语重心长地说："你看小麦，总是在萧条冷落的秋后开始播种，经过严寒的冬季才等到春暖和收获季节的……"

其实，每个人、每个心灵都是一片沃土，最终的成败得失，取决于能否对梦想适时播种。

不当"学霸"也能进名校

王凤英

你一定会认为，只有"学霸"或是"竞赛达人"才更容易被美国名校青睐。其实不然，仙林外校的茅矛同学用自己的实际行动证明，不当"学霸"，照样能进美国名校，而且是被美国加州大学伯克利分校、加州大学洛杉矶分校、卡耐基梅隆大学、南加州大学等8所知名高校争抢。那么，茅矛同学究竟凭什么能如此打动8所美国名校呢？

那还得从头说起。茅矛出生在一个军人的家庭，不看别的，光是看名字里的"矛"字，便足可窥见茅爸爸对女儿拥有坚毅品格的期待。可以说，茅爸爸从小对茅矛实行的就是军事化管理，对她的教育亦很严厉，比如早晨必须按时起床，不整理好被子不出房间，吃饭的时候要等长辈坐下以后，自己才可以动筷子。这些看似微小的生活细节恰恰养成了她良好的生活习惯，随之，茅矛的个人修养自然非同一般。

和许多家庭一样，茅爸爸同样很注重对孩子特长的培养，让茅矛选择了自己喜欢的钢琴。小时候，茅爸爸要求她每天练琴4小时，就算茅爸爸出门不在家，也绝不允许她偷懒。一次，茅爸爸出门后，茅矛心想，反正爸爸出去了，不如偷一下懒，于是，便打开电视开始看动画片，等爸爸快回来时赶紧装作练琴的样子。谁知，茅爸爸一进门就开始勃然大怒，严厉地呵斥了她一顿。原来，茅爸爸出门后十分钟根本没下楼，而是在门口待了十分钟，就是为了听听她到底有没有练琴。那一顿呵斥，至今让她难忘，也因此让她在以后的生活中，不管做什么事情，都养成了自觉、自律的好习惯。

身为仙林外校的学员，在语言学习方面，茅矛自然有一套自己的学习方式。她不是学霸，但却是学习中的"有心人"，无论是看美剧，还是听音乐，甚至在大马路上看到英文广告牌，她都会留心注意，遇到有不认识的词汇、语法就会记在手机里，直到弄懂弄通为止。零碎时间里整理出的英文单词足以弥补英语课堂里的词汇量空缺，所以，通过每天这样一点一滴的积累，一段时间后，她发现自己的进步很大，英文水平直线上升。

茅矛还有一次最得意的经历，那也是茅爸爸对女儿的一次"放养"吧！16 岁那年的暑假，她一个人开始了在云南和西藏的徒步旅行，途中，16 岁的她遇到了很多意想不到的恐惧和困难，但她凭借"军人家庭特有的"坚忍不拔的性格，一路克服了种种困苦与磨难，终于完成了这次长达两个月的"成人"之旅，也让她在感动、泪水、感悟中得到了成长。

茅矛在留学申请里，正是将这些生活中的经历一一写进了文书里，所以，茅矛才理所当然地赢得了美国 8 所名校的争相录取。因为美国大学在学生的成绩基础上，更重视学生自身能力、成长经历和与众不同的个性特点。

而所有这一切，用茅矛自己的话说，完全得益于"细节取胜"。的确，不当"学霸"，能用这些日积月累的细节——个人修养、自觉自律、有心用心，还有坚忍不拔的个性来塑造自己的人，才是叩开成功之门的骄子。

不要小瞧一把剪刀

侯兴锋

他出生在德国法兰克福东郊一个贫穷的犹太人家庭。怎奈命运弄人，母亲生下弟弟后不久，却又遭到父亲的无情遗弃。一个苦难之家从此雪上加霜，分崩离析。

6岁时，无力抚养他和弟弟的母亲，把他们送到了孤儿院。他和弟弟在孤儿院里，黯淡、混乱而卑微地度过了整整十年的光阴。十年后，由于母亲改嫁，有了生活来源，才把他们兄弟俩接回到身边抚养。万幸的是，继父把他和弟弟视为己出，呵护有加。

16岁那年，有一天夜里，母亲梦见自己的大儿子已经长大成人，手里拿着一把剪刀，正在忙碌着为别人剪头发。母亲醒来后，以梦教子，之后就强迫地把他送到一个叫卡尔·皮特的理发师那里当学徒，希望他能学会一门手艺，也为他将来能够自力更生，养活自己。

初到理发店里，他心里极其不情愿，因为他压根儿就看不起这门活计。整天忙忙碌碌地用剪刀在别人头上咔嚓咔嚓的，赚那一点儿辛苦钱，能有什么大出息呢？所以他干起活来就拖拖拉拉的，草草应付了事，不如别的学徒认真。师傅皮特瞧在眼里就打算找这个孩子好好谈谈，但用什么方法呢？

有一天，店里来了一个特别挑剔的客人，大声嚷嚷着要手艺最好的给他服务。师傅心里一动，就专门点他为这位客人剪发。他懒洋洋地拿起剪刀在客人头上剪来剪去，谁知这位挑剔的客人一点儿也不满意，一会儿叫他修这儿，一会儿又叫他修那儿，忙活了半天也没把这位客人的头发剪好，他难过得几乎要哭出声来。这时候，店里已经没有了客人，几个学徒都围在他身边看热闹。他更加手忙脚乱了，被客人不断地指责着，他窘迫得简直想找个地缝钻进去。

就在这时，师傅皮特大步走了过来，接过他手中的剪刀，按照客人的意思，灵巧地挥动剪刀，三下五除二就把客人的头发剪好了。客人走后，师傅皮特对他和几位学徒意味深长地说："可不要小瞧了这一把剪刀啊！"

这次经历让他的内心震动了，于是下定决心要好好学习剪发这门手艺。每天，他和其他学徒一样，从最基本的粗活累活做起，很快得到师傅的赏识。在师傅眼里，不怕吃苦，有悟性，才是学好这门手艺的关键。师傅把调制染发剂的粗活都交给他来做，因此，他每天都和漂白粉、双氧水等之类的化学药品打交道，以至于很快就熟悉了剪发美发的各种细节和技巧。

在做学徒之余，他还经常利用晚上的时间跑到附近的美发学校去听课，更深入了解和学习美发知识，并从中发现美发行业原来是个很有意思的事业，更让他懂得了如何利用别人做过的发型和技巧，激发并创造属于自己的新灵感和新作品。

20 岁那年，他得到了继父的资助，用 1800 欧元作为本钱，在法兰克福的一条小街上，开了一家自己的小型发廊。

25 岁时，他以精湛的技艺，创新出各种新式发型，一时成为潮流而轰动了法兰克福这座城市。这位青年叫托马斯·金，后来，他在德国的好几个大城市都开有分店，他的发艺事业也从最初的小发廊达到了巅峰。他经常在全体员工会议上这样对员工们说："你们选择了这一行就要热爱这门手艺，然后才能够用心去创造，去发展。可不要小瞧了这一把剪刀啊！"

是啊，一把小小的剪刀，看似微不足道，却凝聚着心力，凝聚着智慧，蕴藏着万千的财富，更能够造就出一个人非凡的人生。

不知不觉上山坡

纪广洋

那是刚升入高一不久的一个星期六的深夜，校教导主任把我从梦中叫醒，说是忘了通知一个家住县城的教师第二天到县教育局开会，而这个教师对这次会议又非常重要，因他家里没有电话，只能派人前往通知了。问我在黎明之前敢不敢去，交通工具只有一辆破自行车，路途却是一段二十多公里的山地。我二话没说，洗了把脸，问清了路线和住所，推上自行车就走。教导主任又追上我，递给我一截指头粗的钢筋，说是尽管如今狼豺虎豹不多了，坏人还是不少的，以防万一。

从嘉祥县第三中学到嘉祥县城，只有一条我当时还未走过的山间公路。那天是月黑头加阴天，连个星星都看不见。我骑出校园之后，便一下沉浸在无边的黑暗里。先凭感觉摸索着前行，后来就渐渐地看清了路边的树木。我骑车的速度也越来越快，几首电影、电视剧的插曲还没唱完，校园就被我抛得无影无踪了。就在我张望着是不是快到县城时，自行车的速度猛然加快了，我忽然意识到山坡、山谷、山沟……甚至想到了悬崖峭壁、万丈深渊。我下意识地抓紧了前后闸，一种骤然的刹车声，在黑夜的山间异常刺耳，我感到背上凉飕飕的。在我停下车子，观察清楚前面是一段并没有什么危险的下坡路时，我就想：没感觉到有上坡路，哪来的下坡路呢？

当我把通知送到时，天色也渐渐地亮了。回来的路上，当我连骑加推地终于登上那个山坡（去时的那段下坡路）时，才不无惊奇地发现：其实，两边的山坡是差不多高的，在视线模糊、参照物不明确的黑夜里，我竟然不知不觉间就骑着车子登上了来时的那个足有四十五度角的高高的长长的山坡！

后来，每当我在学习中、在现实生活和人生之路上遭遇所谓的艰难险阻，感到力不从心时，就会自然而然地想到那个晚上的山坡，想到有些困顿和障碍并不是来自事物（情）的本身，而是来自消极的心理感应、自身的怯懦和缺乏毅力的放弃。只要能像那天晚上一样，满怀豪情一路高歌地勇往直前，险阻也会浑不觉，坎坷也会变坦途。

多少实践证明，人的潜能（包括体力的和心智的）是巨大的，但只有在特定的时刻、特定的情况下才能发挥出来。就像国外流传的那则故事：一个中学生，误把一道相传百年的数学难题当作课外作业一夜给解决了一样。

成长的力量

鲁先圣

记不清有多少次了，在我人生的拐弯处，在我处于迷惘的路口，在我犹豫不定的时候，总是有一种力量出现在我的面前，指引着我走向正确的人生方向。

那是我刚刚读初中的时候，我要到距家五六里路的镇中学读书。从镇上到我们村之间，有一条田间小路，小路两旁多是附近几个村里的坟地。坟地里有很多粗细不一的柏树，因为有祖坟地里不砍伐的说法，有些柏树不知存活了多少年。高高矮矮的坟茔之间，长满了各种各样的灌木野草。即使是白天，走在小路上，也有那种恐怖阴森的感觉。村里一直流传着很多有关小路上的鬼魂故事，即便是成年人夜晚也不敢单独走这条小路。

我上学去必须走这条小路，如果走大路就转得太远了。学校早晨六点半钟上早操，我六点钟起床，半个小时的时间正好能在集合之前赶到学校。开学的时候是秋天，早晨六点钟天就亮了，小路上早就有了晨起赶集或者下田的人，我就一个人到学校去。可是不久，天亮得就晚了，离开家门的时候，天空还是漆黑一片。母亲担心，就让父亲送我。我发现走了一半路的时候，正好到了坟地较多的地方，天也就亮了。后来我就坚持不让父亲送了，短短的十几分钟，壮壮胆子就过去了。

不久以后的一天，我正睡着，闹钟响了。我一看到六点钟了，就赶快起床往学校走。刚走出家门的时候，感觉今天有点异样，天似乎比前几天黑得多，也凉许多。但也没有细想，只想可能是个阴天，就大着胆子往前走。走着走着，我就感觉不妙了。前几天的时候，走不多远天就开始发亮，今天怎么越走越黑呢？天空漆黑一片，路两旁的柏树黑幽幽的像一个个张牙舞爪的怪物。平日在村里听大人讲的那些妖魔鬼怪的故事在眼前晃动起来。我害怕极了，凭借对地形的熟悉，知道正好到了一半的地方。怎么办呢？回去吧，走了这么远了。我想，反正走了一半了，就豁出去了，往前走。就这样，自己给自己壮着胆子，不觉间就到了学校。到了学校，才五点半，我知道是我家的闹钟出了问题。

坐在教室里，我一方面为刚才的经历后怕，同时又在想，自己这一路走也没有看到传说的那些鬼魂出现，看来大人们讲的那些吓人的故事都不存在，那只不过是大人们瞎编了来吓胆小的人罢了。

后来，我干脆故意早起，故意在漆黑的深夜到小路上去，到坟地里去，结果更印证了我的想法。这一段经历使我一生受惠不尽。从此我相信，世间本没有什么可怕的事情，没有什么逾越不了的困难，畏惧、害怕，是因为你不了解它，你没有面对它。很多年以后，父亲告诉我，那一次，是他故意把闹钟拨快了一小时。

读高中的时候，我与弟弟在一个年级，我学文、弟弟学理。弟弟小我两岁，天资聪颖，悟性极高，但却极其好玩。相比而言，我却刻苦好学，尽管资质一般，在班里的成绩一直是最好的。在刚进校的第一个学期，弟弟在他的班里成绩还可以，但越往后越差，到了二年级时，他的成绩已降到最后几名了。

当时担任我们班语文课的周老师，同时教弟弟班的语文并任班主任。这个老师极其严厉，不苟言笑，由于当时在班里我的语文成绩很好，就格外为老师所关注，师生关系较之一般同学似也融洽得多。

作为弟弟的班主任，弟弟成绩的下降，成为老师的心病。他多次找到我，分析对策，让我劝说弟弟，让父母多教育。但由于我与弟弟不在一个班，平

时又极少回家，这些办法几乎没有什么效果。

临近升高三了，同学们都在作最后的努力，还有一年考大学，剩下的时间不多了。可是此刻的弟弟依然故我地学玩参半，成绩不见起色。

一天，老师叫我到办公室去。我去了，见弟弟已在那里。弟弟的眼睛红红的，刚哭过的样子。见我进来，老师对弟弟说："你看看，你比哥哥少了什么，吃的穿的都一样，同时进校，你哥明年考大学走了，你却扛着被卷回老家去了，有脸回村，有脸见父母吗？我看你是天生的不可救药了，是不可雕的朽木，一辈子也不会有什么出息。你走吧，我要与你哥商量他明年报哪所大学的事。"

老师怒气冲冲地一气说完，而后赶了弟弟出去，并猛地关上了门。我感觉到老师说得太重了，弟弟的自尊心会受到伤害，怕出现意外，就忙着要去追弟弟。

老师制止了我。他说，如果弟弟意识到了羞辱，就有救了。

此后的几天里，弟弟都沉默不语，像变了一个人。他不再玩了，全身心投到了学习上。他从那以后也不理老师。为此我批评他不对，他却对我说，士可杀而不可辱。

弟弟十分聪明，他的突然发奋，导致了成绩的直线上升，当年我们双双进入了大学的校门，我们同时考到了一个城市，我进了自己喜欢的师范学院的中文系，弟弟考了自己喜欢的医学院。

人格的羞辱，是人最脆弱的部分，也是人最刻骨铭心的伤害。但当这种伤害，能够促发人的自省，则会产生不可遏止的巨大力量，使一个人走出原来的自我，重塑人生。

在我的成长经历当中，像这样的例子还有很多，它们成为我成长的力量，更成为我时刻鞭策自己的砾石和警钟。

从头再来

王世虎

他失业了。

工厂产品严重积压，被迫倒闭。

他很不甘心。初中毕业后就来到这里当学徒，从一个小小的钳工熬到副厂长，吃了多少苦，流了多少血，只有自己清楚。可厂子说没就没了，望着大门上那刺眼的白色封条，他的心比刀割还难受。

失业的他无事可做，天天蹲在家里，就像被囚在一个鸟笼中，已经几个月了。他曾试着出去找工作，可一来年纪大了，二来又没文凭，谁要呢？他也想过重操旧业，但十几年没干过了，手早就生了，况且，堂堂一个副厂长去当钳工，别人会怎么看？

但家人似乎并不理解他。妻子天天唠叨："家里没米了，菜又涨价了，孩子的学费该交了……"上初中的儿子也像只狗似的缠着他："爸爸，我们要去郊游，每人交五十块钱；爸爸，老师让交试卷费三十……"他也明白，家里那点积蓄撑不了多久的，可有什么办法呢？没事的时候，他就站在阳台上沉思，想着想着，便有些感伤。

回老家待几天吧！自从当上厂长后，忙得已经好些年没回去了。简单地收拾了几件衣服，留下一张便条，便走了。

见到阔别许久的家乡，他的眼睛湿润了；看到日渐消瘦的儿子，老父母的眼睛也湿润了。

晚饭是母亲做的，都是他打小就爱吃的。他很久都没有吃得这么香了，还是家里温暖啊！

一连几天，天都阴沉沉的，很压抑，就像他的心情。第四天，终于晴了，吃完早餐，老父亲笑着走了过来："今儿天气不错啊，咱爷俩出去走走？"看着父亲期待的眼神，他点点头。

一路上，父亲兴奋地给他讲村里发生的一些趣事，开心得就像一个孩子，后来，竟讲起了他小时候的一些淘气事。

不一会儿，就到了老桥上。河水还是那么清澈，只是，老桥已越显古朴了。这是他幼年的游乐所，载着他美好的回忆，也是他曾经豪言壮语的地方。旧地重游，感慨万千！

忽然，桥那边隐隐传来车轮滚动的声音，是一辆杂货车，一个男人正卖力地拉着车跑。他仔细一看，竟是二拐子——打小就认识的二拐子，一只脚瘸了，靠收杂货为生，住在桥下的一间破屋里。那时，二拐子每天都骑着一辆破旧的三轮车，满世界收杂货。他常常和小伙伴们一起捉弄二拐子，比如说，趁他不注意把车轮和树拴在一起，再比如，偷偷搭他的车上学。没想到二十年过去了，他还在捡破烂。

"还认识他吧？"父亲问。

"二拐子嘛。"他说。

父亲笑。

车上了桥，速度慢了许多。这时，他才看清，车后面还有一个中年女人，蓬头垢面的，头上扎着一块手帕。"莫不是二拐子的媳妇吧？"他问。

"是啊！"父亲点点头，"不过也是个捡破烂的。"

"他爹，累了吧，歇会儿。"走近他们的时候，女人说。

"不累，他娘。"二拐子抹了一把汗，冲他笑。显然，二拐子已不认识他了。

"他娘，我今儿个收了八十多斤纸，四十多块呢。"二拐子高兴地说。

"我也多收了四十来个瓶子呢。"女人也掩饰不住内心的喜悦。

"那今晚陪我喝一杯吧！"

"好哇！"女人说，"他爹，狗蛋快放学了，咱们得快一点。"

"好哪！"二拐子又抹了一把汗，兴奋得一边小跑一边唱起了歌，"昨天所有的荣誉，已变成遥远的回忆。勤勤苦苦已度过半生，今夜重又走入风雨……"

是刘欢的《从头再来》！他听出来了，以前，他也特别爱听这首歌。

很快，车就出了桥。桥头一过就是市场。一车杂货很快就卖完了。两人出来的时候，二拐子左手提着一瓶酒，右手提着一只大公鸡。

桥下很快就飘起了袅袅炊烟，一股香醇的味道随风四溢。小小的房间里，传来一片令人羡慕的欢歌笑语。

望着这一切，他忽然有些感动。

"你知道吗？"父亲扭过头，"二拐子家去年还被选为镇上的五好家庭哩！"

"是吗？"他惊讶。

"你看他多乐观、多热爱生活啊！你可以说他没有追求，没有人生的目标，但他却在最贫瘠的生活中享受着自己最大的幸福。"父亲语重心长地说，"其实，人活的就是一种心态，幸福永远把握在自己手中，只要你努力去做，没有什么坎是过不去的。男子汉，从哪里跌倒就从哪里爬起来！"

忽然间，他明白了父亲的良苦用心。

"爸，谢谢您！"他哽咽着说。

父亲轻轻在他肩膀上拍了一下："孩子，我相信你！"

抬起头，温暖的阳光直面扑来。他忽然觉得全身上下都充满了力量，握紧了拳头，一边大步向前走一边大声唱道："心若在，梦就在，天地之间还有真爱；看成败，人生豪迈，只不过是从头再来……"

奋斗是为了等待一朵花的开放

清心

自生下来，她就患了"婴儿型进行性脊髓肌萎缩"。这是一种由常染色体感染导致的遗传性疾病。病魔潜伏在人体基因里，导致四肢残疾。更可怕的是，随着年龄的增长，病人往往会发生吞咽困难，最终因呼吸肌麻痹而窒息死亡。

北方的六月，草绿得青翠，花开得热闹。然而，她却只能歪着头，浑身无力地陷在轮椅里。医生断定她不会活过30岁。青葱的生命，尚未成长，便开始了残酷的倒计时。

长着一双手，却不能洗脸刷牙，也不能梳头穿衣，甚至连最基本的大小便，亦无法自理。眼看着母亲累弯了腰，愁白了发，她的心，山呼海啸般疼痛着，却亦是枉然。

她无数次地问自己："你什么时候，能不再拖累妈妈呢？"暗淡的夜，恍若梦境。弦月在空中伶仃地悬挂着，瘦得让人心疼。偶然闪烁的星光，似梦想在眨眼睛。她千遍万遍地幻想着双脚站在地上的感觉，一边想，一边难过。清冷的泪，洇湿了开满红牡丹的枕巾。

长大些，极懂事的她，不再奢望自己能站起来。她想："生命如此短暂，我要跟死神赛跑，珍惜每一个屈指可数的日子。"

没有读过一天书的她，在母亲的辅导下，自学了小学到中学的全部语文课程。接着，她又阅读了能够找到的、古今中外的所有文学作品。一次偶然的机会，她认识了文学编辑赵泽华。自此，在赵老师的鼓励和帮助下，似久旱逢甘霖，她痴痴地迷上了写作。十八岁那年，她的处女作《春恋秋》被《中国残疾人》杂志刊用在卷首。此后，她的散文、诗歌、小说等作品陆续在《新青年》《中国青年》《三月风》等全国各大报刊上发表。2002年7月，她的自传体散文《命运是海，我是帆》，在北京《中国残疾人》杂志社和中央人民广播电台联合举办的"生命礼赞征文"中获得了一等奖。

为了减轻母亲的负担，女孩决定赚钱养活自己。于是，她排除万难开了一家书报亭。每天早晨，母亲推着轮椅把她送过去。朝霞中，她绽放的笑脸，似路旁盛放的鲜花，清婉香彻。这个坐在轮椅里的女孩，唇红齿白，妆容精致，一头乌发，如瀑泻落在肩头。但凡相遇的人，都会情不自禁地回头看她。目光里，不仅仅有同情，更含了许多欣赏和敬意。

她这样的状况，能活下来已属不易，没有人在装束上过多地要求她。她却从不允许自己邋遢半分。她说："每个人，都是人世间的一抹风景。我要尽量让自己美丽些，再美丽些。"每天出门前，她都要艰难地配合着母亲，将头发梳理整齐，再画上弯弯的两道眉，然后，在苍白的唇上，涂上喜爱的玫瑰色口红。她一年四季，都穿艳丽的长裙。更多的时候，她会让母亲，给那双不会走路的脚，套上精美的小靴子。靴子很便宜，却一定是她喜欢的大红。靴尖上，镶着闪闪发亮的水钻，在阳光下反射出炫目的光来，竟生出煞人的惊艳。

文章发表后，她常会收到读者的来信。多的时候，一天竟收到了103封。由于精力有限，她无法一一回复。于是，她自费开通了"倾诉热线"。每天晚上，她都躺在床上，倾听每一位朋友的心灵私语。那宛若天籁的温柔女声，不知慰藉了多少因各式各样的遭遇而浸泡在痛苦中的心灵。

她的右手不能动，只有左手可以稍稍活动一点儿。写作时，她只能将笔用皮筋捆在左手腕上。但即便如此，她仍是歪歪扭扭地完成了16万字的自传

体随笔集《生命从明天开始》。这本书，在 2005 年由朝华出版社出版。签售时，盛况空前。

她叫心曼。一个有着干净笑容、清澈眼神以及美丽心灵的女子。她在身体重度残疾的情况下，硬是通过不懈的努力，让自己在没有成长土壤的石缝中，开出了艳丽的花朵。如今，心曼已经 32 岁，超越了医生定下的死亡界限。现在，她与姐姐合写的第二本书，是关于爱情的长篇小说，书名叫《如果我能站起来吻你》，已由海迪姐姐作了序，即将出版。另外，心曼说自己还有一个愿望，就是想做一次电视节目主持人。

接受访谈时，面对亿万观众，心曼银铃般的笑，似晴日环山的水流花开，都是从心里淌出来的。主持人问："遭遇这样的命运，你一定觉得很苦吧？"她却摇头，清丽的声音，似筝曲叮咚婉转着："不，恰恰相反，我觉得自己的日子过得很甜。我的身体虽然残疾了，却遇到了赵泽华、张越、路一鸣、海迪姐姐等那么多愿意帮助我的人。这么多年，我一直活在爱里，活在对生命永不放弃的希望里。这些都是幸福的理由啊！"

眼睛顷刻被濡湿了。是啊，心曼说得对，幸福是需要理由的。当你为自己找到这些理由时，内心就会步步生莲花。人生所有的奋斗，不就是为了等待一朵花的开放吗？而心曼的生命之花，已经灿烂地盛开了……

第三辑
每只苹果都享受长出来的过程

　　当你身陷困境的时候，一定不要一味地去沮丧、去哀叹，而要积极地开动脑筋，乐观地寻求解决问题的办法。说不定，你也能像杰西卡一样在困境中捕捉到一种创意，从而开创出事业的新天地来。

奋斗走向成功

凤凰

　　高中毕业后，我没有考上大学，于是进入一家公司当了一名保安。保安的工作非常轻松，每天就是坐在保安室里，不时注意一下大门就行。有人来，请登记；有车出入，放行。这样简单轻松的工作，每天周而复始，况且每个班是两个人值班，因此更加轻松，于是便显得无所事事。

　　没事的时候，我便翻翻报纸，翻来翻去，看得都腻了。走出保安室，看到办公大楼，想到坐在办公楼里的每个人都比我有本事，不由心里一寒。我想我不能一辈子当保安，当一辈子保安，太没出息了。我决定奋斗，改变自己的命运。我学点什么呢？中学时，我数学特别好，不如学会计吧。

　　我想学会计不是很难，于是便买了会计方面的书来学习。第二天将书带到保安室，同事小刘一看到会计书就打趣我："你想学会计？"我点了点头。小刘说："你能行吗？别把自己想得太能干了！"小刘不相信我能学好会计，我偏要学，我倒要让他看看，我能学好会计，能当上会计。

　　我知道，公司的会计，不是本科生，就是专科生，每一个都是会计专业出来的。可是我也知道，有些公司的会计是高中生，是自学成才。

　　从此，一有时间，我就埋头看书，勾画知识要点。看一遍，不懂，就看两遍；两遍还不懂，就看三遍。我想只要多付出一点，就不怕弄不懂。

　　没几天，公司上上下下都知道我在学会计，有人嘲笑我，有人鼓励我，有人劝我放弃，有人劝我坚持。财务部的大张对我说："年轻人，想学点东西是好事，其实，学会计不是很难，只要肯钻，你一定会的。往后，你有不懂的地方就来问我吧！"对于大张的热情，我非常高兴。

此后，遇到不懂的地方，我便真的跑去问大张，大张总是热心地帮我解答。为了活学活用，大张还不时地出题考我。在大张的帮助下，我进步很快。

半年后的一天，人事部通知我到财务部上班。我很奇怪。直到到了财务部上班，我才知道，原来财务部缺少一名会计，经理听说我在学会计，学得还不错，便把我调到财务部。这样，我可以学到更多东西，更快地成长起来，成为一名真正的会计，为公司服务。

到了财务部，我更加努力，决心不辜负公司的期望。每天，我比别人早到，比别人晚归，还主动帮大家倒水、擦桌子。我的勤奋和热情，每一个人都看在眼里，大家都说我有干劲，都说我的好话。这时，财务部里的人都接纳了我，总是给我帮助。后来，我报考了会计从业资格考试。几个月后，我顺利通过考试，拿到了会计从业资格证。这时，我成了公司一名真正的会计，公司给我涨了一大截工资。

保安部的小刘他们见我真的成了一名会计，都无比羡慕。公司里那些曾经嘲笑我的人，都对我刮目相看。我十分欣慰，从一名保安到一名会计，我用了不到两年的时间。看来，只要肯奋斗，就没有不可能的事。

其实，一个人只要肯奋斗，自己会进步，别人也会伸手帮你，成功就只是早晚的事。

给失败一个特写镜头

侯兴锋

黛丽斯是美国一家杂技团的演员，她的拿手绝活是表演空中飞人，当她在空中飞舞着的时候，就像一只小燕子，小巧玲珑，揪牵着观众的心和她一起飞舞。出色的表演引来观众热情的掌声，每当黛丽斯做出一个高难度的动作时，观众席里就会发出一阵赞叹和惊讶之声。

可是有一次，在一个大型演出场所演出时，却出了一点意外。

黛丽斯在高空中荡来荡去，观众们的眼球随着她转来转去。这时，黛丽斯想要做一个新创的高难度动作，从这一边飞到另一边，中间大约有五米的距离。在这段距离内，做一个一千零八十度的大翻转。这是黛丽斯的首创，迄今为止，国内外还没有人尝试过做这么高难度的动作，最多也就是七百二十度的翻转。因为时间非常短，翻转的速度要很快，所以难度特别大。

这时，场外解说播放了这个动作的难度说明，观众们全被吸引住了，都迫切希望快一点看到黛丽斯精彩的表演。

果然，黛丽斯要做这一动作了，观众们都屏住了呼吸，张大了嘴巴，瞪大了眼睛盯着黛丽斯。只见她从一边搭档的手中飞出，迅速翻转，三百六十度，七百二十度，一千零八十度，黛丽斯成功地翻转了三圈。可是因为时间超了一些，当她翻转完三圈时，已经过了另一边搭档的双手能力所及的范围，也就是说另一边的搭档已经没有可能抓到黛丽斯了。突然，黛丽斯从高空中掉了下去，摔在了安全网上。观众们长长地出了一口气，有遗憾声，有失望声。

奇怪的是，黛丽斯站起来，却并没有感到尴尬，而是缓缓地微笑着向观众们行了个礼表示道歉。紧接着，她又矫健地登上了高台，是的，她要再试一次。观众们又重新张大了嘴巴，瞪大了眼睛，直直地等着，等着黛丽斯带给他们惊喜。

黛丽斯开始了，三百六十度，七百二十度，一千零八十度，抓住，抓住，这是观众席里面发出的声音。果然，这一次，黛丽斯没有让他们失望。她的时间和高度掌握得恰到好处，搭档牢牢地抓住了她的双手，顺利地进行下面的表演。观众们又是长出了一口气，继而爆发出雷鸣般的掌声。

虽然黛丽斯失败了一次，但这一次成功了。演出结束后，有记者找到黛丽斯问她从高空中掉下来之后是什么样的感受。按常理，黛丽斯应该感到难堪不已，没想到她却非常平静地说："其实，我是故意摔下来的。"

"什么，故意摔下来？这让人很是不解。当着上万观众，故意摔下来，这不是在摔自己的牌子吗？这也是在摔马戏团的牌子啊！"记者一头雾水。

黛丽斯看出了记者的困惑，微笑着对他说："这是我和我们团长事先商量好的，因为这是一个新的动作，观众们从来没有见过的动作。如果我顺利地完成这一动作，即使观众们会觉得很精彩，但也不会留下多么深刻的印象。所以我们决定，第一次故意失败，就等于给了失败一次大大的特写镜头。这样观众们才会知道这个动作的难度，也才能用心去看，用心去理解和感悟，才能留下更深的印象。"

是啊，给失败一个特写镜头，把失败放大了，定格了，看清楚，想仔细，然后才能有刻骨铭心的经验和教训，那么，当成功一旦来临时，我们才会加倍地去珍惜。

给总统做饭的少数族裔女人

王风英

岁月流转，转眼，来自菲律宾的 51 岁女子克里斯特塔·科默福德已经在美国白宫掌勺将近 20 个年头了。20 年来，科默福德因先后为美国前总统比尔·克林顿、乔治·W·布什，以及现任总统贝拉克·奥巴马准备饮食，而备受关注。

科默福德出生在菲律宾一个普通的家庭里，在她之后，她的父母又接连为她生了 10 个兄弟姐妹。那时候，由于父母忙于工作挣钱养家，自然而然，身为老大的她便早早挑起了家庭的重担。尤其是一日三餐，都是她一手张罗，而要想喂饱这 10 多张嘴又谈何容易？一开始，不是弟弟觉得这个饭难以下咽，就是妹妹嫌那道菜不可口，为此，科默福德不知伤了多少脑筋。为了让弟妹们吃得开心，小小的她便一次次跟爸爸妈妈讨教厨艺，因此，10 岁那年，她就早已熟谙厨房事务。特别是在她上小学三年级时，弟妹们吵着嚷着想要吃春卷，她当真还学会了做春卷，而且味道相当不错。那时候，她的家中永远弥漫着食物的香味，而且总是能听到咀嚼食物的声音，在她听来，那该是世界上最美妙的声音吧。

从最初只为了让弟弟妹妹们吃饱吃好，到后来做饭技术的娴熟，科默福德越发对做饭有了种痴迷，她常常费尽心思做出一桌桌不同花样的饭菜而赢来弟妹们一阵阵欢呼。

23 岁那年，是她人生的转折点，因为这一年，他们一家人移民美国，正是在这里，她听说美国芝加哥喜来登饭店正在举办"拌制沙拉"的比赛，她按捺不住激动的心情报了名。没想到，这次比赛的结果，科默福德一举获得芝加哥喜来登饭店"拌制沙拉的女孩"，这让她更加信心满满。从那时起，她开始学习各种高档饭店的厨艺，并开始锻炼自己的处事能力。那段时间，在美国首都华盛顿，她先后在多家饭店掌勺，还曾赴奥地利维也纳接受过为期6个月的法餐培训。

有了扎实的功底，际遇便会找上门来。1995年，美国白宫招聘"御厨"，消息传开，前来报名的人络绎不绝，光是提交简历的就达450人之多，当然，科默福德也绝不会放弃这个难得的机会。令人欣喜的是，在经过一次又一次的角逐后，科默福德最终以精湛的厨艺脱颖而出，成为白宫历史上第一位女性少数族裔"御厨"，并于2005年晋升为厨师长，领导着一支7人的厨师队伍。

在白宫当"御厨"，而且一干就是20年，这其中到底有什么秘诀呢？

其实，在白宫当"御厨"，并不是一件轻松的事情。身为厨师长，科默福德不仅要操心美国总统的饮食，还要负责为白宫其他人员以及各国宾客制作餐点，有时候甚至会接到"不可能完成的任务"。例如，2014年8月首届美国非洲领导人会议期间，科默福德便接到这样一项任务：那就是美国白宫打算招待400多名宾客吃一顿"便饭"，而所谓"便饭"，就是每人要做4道菜，这就意味着总共要做1600多盘食物，而且不能一股脑儿端上来，要掐着时间恰到好处地送上饭桌。此外，还要考虑各国宾客的口味偏好、有无忌口等因素。如此艰难的任务，在别人看来根本无法想象，而在科默福德的精心设计和用心烹制下，却出色地完成了。

身为"御厨"，在做菜上，科默福德更有自己的绝招，那就是抛开书本上的配方，跟着感觉走，比如，她为奥巴马做饭时都是凭着感觉放调料，因为做了二三十年饭，所有的配方都装在了她的脑袋里。

更重要的一点是，她是一个言语谨慎的人。在白宫工作多年，每当有人

问她总统爱吃什么时，她总是缄口莫言。因为，她清楚地知道，厨师才是她的本分。或许，这才是她扎根白宫20多年的秘诀吧！

在白宫做饭20多年，科默福德最欣慰的一件事就是，能每天亲手为总统做一顿又一顿香喷喷、热乎乎的饭菜。是的，她做的饭菜的确醇香无比！难怪前第一夫人劳拉就曾这样评价她："每吃一口科默福德美妙的作品，都可以感受到她对美食和料理的激情。"

借上帝之手

周莹

他是一个男孩子，却有着一双纤细的手。于是，他梦想着有朝一日成为画家。

他的手总喜欢动，一刻也闲不住，课余时间在废纸上画啊画。他画的鸟儿，展翅欲飞，但是缺乏飞的感觉；他画的花朵，像真的一样，但是没有绽放的欲望；他画的人像，形象逼真，但是却没有丰富的表情。

高三上学期，他父亲下岗了，在街边摆个小摊卖馄饨。母亲是家庭主妇，体弱多病。他放弃了当画家的梦想，整天郁郁寡欢。

周六的下午，母亲说要带他去陶瓷场看看。

他随母亲来到城外的陶瓷场，母亲说做陶罐主要的材料是黏土。他看见一个白发苍苍的老者，拿起一块黏土不断地拍打着。他感到很诧异，走上去问老者。老者说做造型之前拍打黏土，主要是想把里面的空气拍出来，黏土会变得更加坚硬一些。他全神贯注地捏好黏土的泥形，用一只手深深地摆在罐子里，支撑住陶罐，让它承受住来自于外部的打击，让它不会支离破碎。另一只手却在陶罐外面不停地拍打着，让它变得坚硬美丽。

拍打完毕，他就把黏土放在做陶罐的转轮上，一边转动轮子，一边使劲地敲打着。没多久，陶罐就被挤压成型。

老者的动作娴熟，可有时候也很危险。好几次，他看到老者一只手在里面支撑着，柔软的黏土眼看就要倒下了，外面那只拍打的手，又把意欲倒下

的黏土扶住了。他明显地感觉到了老者那重重的拍打声，力度一致，回声均匀。他每拍打一下，就揉捏一下，不断地拍打着，不断地揉捏着。很快，一件精致的艺术品就呈现在他眼前。

老者补充说这只是完成了前面的三道工序：练泥、成型、修坯，后面还需要上釉，放在阴凉处风干，然后用砂纸进行打磨，最后入窑烧制，只有每一道工序都能够融入人的温度和爱，出窑后的陶罐才散发出泥土的芳香。

他目不转睛地盯着，看得津津有味。母亲发现他眼眸中闪过几缕惊喜的光波，微微地笑了一下。

他忍不住说出了心中的疑问："为啥每次看到黏土要倒了，最后却没有倒呢？"老者神采飞扬地告诉他："每当你看到黏土要倒的时候，我就用有热度的手去扶住它，给它温度和爱，永远从内心支持它、撑住它，它就不会倒下了。"老者说的时候，已经完成了一个陶罐的工序。老者甩甩手臂，笑呵呵地望着他。他发现，老者用来给予温度和爱的那只手，只有四个指头，缺一个中指。

只有四个指头的老者，能够把黏土做成这般精致的陶罐，他简直佩服得五体投地。

"给它温度和爱！"这句话让他感觉到老者的四根手指，仿佛就是上帝的手，充满了恩典，充满了温度和爱，把一种完美的意象导向另一种完美的艺术。那一坨坨普通的黏土，经过老者艺术的加工，想象的再现，通过那四根手指融进思想和爱的成分，就被塑造成了精美的艺术品。

老者那一句醍醐灌顶的话，彻底改变了他的心态。

回去之后，他发奋学习，第二年考上了省美术学院。毕业后第四年，他终于成为小城颇有名气的青年画家。

他的画，大多是关于生活、情感、交通、安全、健康方面的，内容健康，思想积极。他善于从平淡的生活中发掘出感人至深的亮点。他多次举办个人画展，来欣赏画展的人络绎不绝，那些寓意深刻的画，深深地影响着市民的生活。

在他举办的第九次画展上，有位记者采访时忍不住问他："您的画作，为什么总是栩栩如生，深入人心呢？"

他淡淡地回答说："我的每一幅画中都隐藏着温度和爱。"

记者有点不明其意。他再次淡淡地说："我只不过是借上帝的手，画出自己的心境而已。"坐在画展角落里的母亲，伸出两个手指，向他做了一个优美的姿势：OK！

他的话音刚落，展厅里就响起了一阵经久不息的掌声。

困境中的创意

侯兴锋

一天，完全不懂日语的美国小伙子杰西卡独自一个人到日本去旅游。谁知刚下飞机，他的钱包就被人偷了。杰西卡焦急万分，出门在外，没有了钱，可以说是寸步难行。怎么办呢？在这人生地不熟的异国他乡，吃住都成了问题，更不用说去看风景了，看来只能打电话让家里人来给自己送钱了。

杰西卡拖着笨重的行李，费力地找到了电话亭，掏了半天兜，他庆幸地发现口袋里还有足够的零花钱用来打电话。打完电话，他犯了难，因为家里人即使是马上坐飞机赶来，也需要到夜里才能和自己碰面，这中午和晚上的饭总得要吃呀。他数了数剩下的钱，嗯，吃最便宜的面条还是足够的。

到了中午，精疲力竭的杰西卡走进了一家饭店。刚坐下，一位服务员就来到了面前，叽里咕噜地用日语问他，杰西卡知道，服务员肯定是问他吃什么饭菜。自己一句日语也不会，用什么方法来表示要一份面条呢？杰西卡用手比划了一个盘子，里边装着一条一条的东西，比画了半天，服务员还是一脸茫然。无奈，杰西卡又拿着一个吃饭的叉子，做出挑着东西的样子往嘴里呼啦啦地吃着，可是，那个日本侍者却仍然是不知所云。这个时候，饥肠辘辘的杰西卡真着急了，夺过服务员的菜单翻看，清一色的全都是日语，一个字也不认识。突然，他看到了服务员手里的笔，于是杰西卡要过来在菜单的背后用简笔画的形式画了一碗面条给服务员看，这下子，服务员终于看明白了，连连点头，不大一会儿，就给杰西卡上了一份面条。杰西卡重新坐了下来，长舒了一口气，不由感慨地想，这出门在外的人，如果言语不通的话，看来吃饭真是个问题。

出了饭店，杰西卡东张西望地浏览着日本的街景，走着走着就口渴了，准备买一杯饮料喝。由于有了上次吃面条的经验，所以，一到饮料店里，他立即用纸和笔画了一杯饮料给店主看，那个日本店主朝他笑了笑，马上取出了一杯饮料递给他。

杰西卡喝着饮料，走在熙熙攘攘的大街上，脑海中不自觉地蹦出了这个问题：为什么各种酒店里没有图文结合的菜单呢？假如有了这种带食物画面的菜单，那么言语不通的人点起菜来不就很省事了吗？况且还可以把食物制作得美轮美奂，附带着也可以作宣传。

杰西卡兴奋起来，这是一个多么好的商机啊！

在等到家里人之后，杰西卡再也没有游玩的兴致。第二天，买了飞机票就飞回了美国。他根据自己的创意想法制作出了图文结合的精美菜单，一家一家地到各种酒店饭馆推销介绍，没想到，大受欢迎。第一天他就接了不少制作菜单的生意，一个月下来，他盘算了一下，去掉工本费，他净赚了800美元，是他平时上班工资的十倍。半年后，杰西卡积攒了一定的资本，干脆辞掉了原来的工作，自己开了一家广告公司，他还把制作这种图文结合的菜单创意申请了专利。

随着生意的扩大，杰西卡涉足的领域越来越多，成了广告界一位举足轻重的大亨。谁也没有想到，杰西卡今天这一切的成就是从当年他在困境中，在菜单上画了一碗面条开始的。

所以，当你身陷困境的时候，一定不要一味地去沮丧、去哀叹，而要积极地开动脑筋，乐观地寻求解决问题的办法。说不定，你也能像杰西卡一样在困境中捕捉到一种创意，从而开创出事业的新天地来。

妈妈的萨日朗其其格

胡识

我读高中时的梦想是考一所好的师范大学，念汉语言文学专业，我喜欢写作。但高考那年，我并没有取得好成绩，转而进了一所医学院。我对妈妈说，我不想再学医了，书，读不下去。妈妈沉默了一会儿，说："你学医也可以写作啊！"因为妈妈的这句话，后来，我如愿以偿地成了一名准医生和青年作家。

在我成为一名青年作家之前，和大多数文学爱好者一样，我每天都会把想说的故事写在纸上，然后反反复复地默念，我不敢投稿，更不敢参加一些文学大赛。因为，我害怕退稿，生怕编辑会嘲笑我。但我读大二那年，我结识了阿青，她是我们学校文学社的社长，每次看见我写的文章，她都会竖起大拇指夸我，然后塞给我一大把报刊的投稿邮箱，她说："胡识，你的文笔比我的好多了，不投稿怪可惜的。"我看了看她，然后又看着桌子上的那张报纸，阿青在市报上发表了一篇诗歌。我羡慕不已。

傍晚，我在报刊亭买了一份《文苑》杂志。当我打开杂志的第一页正准备阅读时，显赫的几个"全国文学大赛"字样咻地一下勾住了我的魂魄。我立马跑到寝室打开电脑，按要求投了一篇我认为写得最好的稿子。

等待出成绩的日子总那么漫长。暑假时，我回到老家帮父母种地，心情像夏天的蝉儿不停地在耳边聒噪，我每时每刻都惦念着大赛的结果。我还会在午休时做梦，我梦见自己在内蒙古大草原的颁奖典礼上抱着奖杯，会场里的掌声不绝于耳，我笑得比草场上的萨日朗其其格（蒙古语指百合花）还要妖娆。

妈妈曾说，花是山上的艳，萨日朗其其格是草原上的魂。暑假时的第二十二个中午，我接到一个来自呼和浩特的电话。他说我获得第十八届全国草原夏令营征文大赛二等奖，文章还被选登发表在《文苑》杂志上，我还能在八月中旬去呼和浩特参加颁奖晚会。我的心脏忽然抽搐了一下，眼泪夺眶而出。

我挂掉电话，拔腿就跑进妈妈的房间，我说："妈，我拿奖了，我拿全国二等奖了！"妈妈顿了顿，然后一把将我拥在怀里："我的儿子真厉害！我的儿子就是草原上的萨日朗其其格！"

妈妈没念过书，她曾听内蒙古的阿姨打电话说，萨日朗其其格一到夏天就会开出橘红色的、白色的、乳白色的花，会吸引全国各地的游客，阿姨叫妈妈有空就去她那里住几个月。但妈妈的身体不太好，所以她没有答应阿姨，她叫阿姨在我的颁奖晚会结束后带我去看看大草原上的萨日朗其其格，阿姨在电话那头不停地称赞："萨日朗其其格，胡识是草原上的萨日朗其其格！这孩子真棒！"

在呼和浩特的那几天，我见到了我喜欢的编辑，他们请我吃羊肉、喝酒，带我骑马，我第一次坐在马背上感受到了马的奔腾，见证了大草原的辽阔，就好像我年少时的作家梦一直在心里澎湃，朝天空呐喊。尤其当熊熊的篝火点燃时，整个草原沸腾了，几十号人围着火焰一边跳着安代舞，一边大声喊着："我爱写作，我爱大草原，我爱大草原上的一切。"

颁奖典礼在最后一个晚上举行。当我站在领奖台上时，草原突然有烟火腾空而起。有一位编辑告诉我，那烟火专门为90后大赛获奖者准备，因为我们就像绚丽多彩的烟花，绽放着梦想。为了答谢组委会，我和几个90后作者朋友在晚会最后合唱了一首《小苹果》，不一会儿，有很多大龄作者也加入

其中为我们伴舞。人们放下平时的矜持和害羞，有说有笑，大大咧咧起来，就好像无数颗星星在天上俏皮地眨着眼睛，可爱极了。

活动结束后，我去了阿姨家，当我捧着奖杯出现在阿姨面前时，她一把将我抱了起来，她说："胡识是草原上的萨日朗其其格！胡识真棒！"那天，阿姨从赤峰带回了一篮子萨日朗其其格，有山丹、毛百合、轮叶百合、大叶卷丹、细叶百合。她叫我记得把奖杯和这些花一起带回家，给妈妈看。

我高考落榜那年，妈妈并没有像我一样躲在角落里哭，因为她自始至终都坚信，我一定会成为一名医生、一个作家。而事实上，我也在努力长成她喜欢的萨日朗其其格。在妈妈心里，萨日朗其其格象征着梦想和现实会百年好合，只要我们肯为之不懈努力。

每天离梦想近一步

周礼

　　杰克·伦敦出生在美国旧金山一个贫困家庭，他从小就有一个梦想，那就是将来做一个伟大的作家。然而不幸的是，杰克·伦敦没有良好的家庭环境，家中既无读书之人，也无经典藏书，更无一个可以引路的老师，他唯一有的就是一颗火热的心。

　　十岁那年，杰克·伦敦家中惨遭变故，他不得不离开了美丽的校园，小小年纪就挑起了生活的重担，每天奔跑于大街小巷，靠报纸赚取几个小钱补贴家用。随后，杰克·伦敦又来到一家罐头厂打工，每日重复着简单、机械、枯燥的工作，但这一切并未改变他的初衷，只要一有时间，他就一头扎进书海里，如饥似渴，如痴如醉。没钱买书，他就跟别人借，或是跑到免费公共图书馆"饱餐一顿"。遇到什么好的词句，他就立刻写在随身携带的小本子上，为了方便记忆，他还把这些东西制作成卡片，贴在床头，插在镜子缝里，挂在晾衣绳上。

　　在二十四岁以前，杰克·伦敦一直过着半工半读的生活，直到有一天，他觉得时机成熟，便义无反顾地走上了写作之路。可是，一切并非如他想的那般顺利，虽然他的作品质量相当不错，但寄出去的稿子还是一篇接着一篇地被退了回来。杰克·伦敦的心情十分郁闷，他实在想不通，为什么自己付出了艰苦的努力，收获的却是一地的衰草。在遭遇了一连串的失败打击后，他的内心不禁有几分动摇，难道自己真的不适合写作吗？

那天，杰克·伦敦来到一个采石场散心，见一个工人正敲打着一块石头。工人挥舞着有力的双臂，一锤接一锤地敲打着石面，不时可以看到点点火星。尽管那位工人十分卖力，可石头怎么砸也砸不烂，敲打了十几下后，他已挥汗如雨。杰克·伦敦心想，这位工人实在太傻了，继续砸下去，可能也不会有什么结果，与其这样，不如放弃。然而，让杰克·伦敦目瞪口呆的是，当工人敲下第三十二锤时，石块"砰"的一声断裂了。那一刻杰克·伦敦的心灵受到了极大的震撼，他一下子明白了，原来做任何事情都不可能一蹴而就，需要不断地努力，就像砸石块的工人，他前面锤的那三十一锤看似无用，实则已一点点地破坏了石块的内部结构，换句话说，他每砸一锤就距成功近了一步。虽然他的作品一次次遭到退稿，但这并不证明自己的努力没有作用，只要坚持下去，终有一天会成功的。

抱着这样的信念，杰克·伦敦夜以继日地耕耘着，每每有什么体悟，或是完成了一篇作品，他的心里总有一种自豪感，因为他知道自己离梦想又近了一步。就这样，杰克·伦敦一年又一年地坚持了下来。功夫不负有心人，1900年，杰克·伦敦终于冲破了层层迷雾，见到了久违的阳光，他出版的小说集《狼子》获得了巨大的成功，在国内外引起了不小的轰动。随后，他又出版了《野性的呼唤》《海狼》《白牙》《马丁·伊登》等50余部作品，成了享誉全球的高产作家，被誉为"美国无产阶级文学之父"。

每只苹果都享受长出来的过程

凉月满天

他是一个演员，今天要拍一场他和上司的对手戏。

扮演他上司的老头身躯庞大，开拍之前坐在那张古旧的道具椅子上，压得椅子吱吱嘎嘎。他想："这人干吗呢？不怕压塌了啊，这不是没事找事嘛。"

正式开拍了。

上司靠着椅背，懒洋洋地打量着他："知道我为什么喜欢在这里就餐吗？"

他摇头："不知道。"一边随意地看了看四周，眼神却表现出几分不以为然。

"因为便宜。"上司意味深长，"我的钱是用命换来的，舍不得乱花。"

他针锋相对："我的钱只论够不够花，不论舍不舍得花。"

"吱嘎！"

上司身下的椅子突然发出刺耳的声音，他猛地一惊，那一瞬眼睛漆黑，收缩如针。两个人一言不发地对视，只有老头手里的雪茄的烟雾袅袅升起，把两个人都笼罩进去，空气里弥漫着浓得化不开的张力。

"卡！"要求一向苛刻的导演站起来，眼中闪烁着激动的光彩。

就 OK 了！

下了戏后，他问那个老头："您是故意要让那把破椅子发出声音的吗？"

老头说："是啊。别看这把破东西不起眼，关键时刻能营造气氛的。"

他想起自己拍第一部电影时的光景，只一心注意什么样的角度对着镜头

能把脸拍得更英俊，根本没有融入角色之中，更不会想到这么细节的东西，难怪会被人批评电影不像电影，倒像 MV。

当时，他想，自己就好比老头屁股底下的那把椅子吧，用力发出声音，只想提醒别人自己的存在，结果却只制造了让人心烦的噪音，顺便也提醒别人这是一个废品。而现在，自己要做的是那个坐在椅子上，让椅子发出声音椅子才能发出声音的人。

事实证明，他做得很成功，因为电影上映后，他的夺冠呼声最高。可是结果却是残酷的，评奖中，他以一票之差落败。说不失落是假的，可是他想，怕什么呢？既然已窥门径，当然要走下去，路还长着呢。

在一部电影里面，他曾经出演过一个小角色，一个女孩递给他一个又大又红的苹果，他看着它，困惑地说："苹果是怎么长出来的？"

女孩笑着说："当然是树上啊。"

"那它享受长出来这个过程吗？"

当时他想，这谁写的烂台词啊。现在却突然明白了：自己就是一只正在享受长出来的过程的苹果啊。

作为一只苹果，怎么能只享受长成后鲜艳饱满的外皮、清润甘甜的汁水，和被人捧在手心里时艳羡的目光呢？当然还要享受从一粒种子就开始的漫长等待，享受从一朵花就开始的满心期望，享受蜜蜂传粉时的喜悦悸动，享受作为一个小小的果核时，挣脱束缚一圈一圈长大时的痛痒，享受虫啃蚁噬的苦楚，享受风霜雨雪的考验，这样的人生才算完整啊。

从这个角度说，谁不是一只正在享受长出来的过程的苹果呢？

美丽生命的出口

程应峰

电视连续剧《倚天屠龙记》中，峨嵋派第四代掌门周芷若，有着"芷兮帝子遭人妒，若烟若雾若飞仙"之态。她双目光彩明亮，眼波盈盈，秋波连慧，眼澄似水。样貌清丽秀雅，美而脱俗，纤而不弱，雅而秀气，远观近看都有一股神韵从骨子中沁出，真个是"清水出芙蓉，天然去雕饰"。她同时是一个内心激烈的女子，有多热烈，就有多冷血，静如冬蝉蛰伏，动则遍布杀机。

饰演周芷若的演员名叫高圆圆。高圆圆淡雅脱俗、清灵可人的美丽，自周芷若的情态容貌可见一斑。

高圆圆的美丽与生俱来。青春妙龄的她因为美丽撩人，加上生性活泼，爱露风头，一不小心就会遭受非议甚至敌意的眼神，有些人对她皱眉，还有一些人故意找她的岔子，让她难堪。她不能不敏感，不能不忧伤。她感觉自己就像是开在荆棘丛中的鲜花，总也躲不开纠结的芒刺。有一天，兄长下班后在院子里弹吉他，唱着一支忧伤的歌，高圆圆听着听着便泪流满面。

17岁那年，第一场冬雪后的清寒里，高圆圆同几个闺中密友在街上闲逛，手上拿着羊肉串边吃边嬉笑。忽然一位女士走了过来，问她："你想拍冰激凌广告吗？"就这样，高圆圆在屏幕上看清了自己：粉圆的脸、明媚的五官、艳丽的笑靥如木槿花盛放……

拍摄冰激凌广告后，她得到了摄制组工作人员的一致欣赏、认可，摄影师说，很少有这样的演员，任何表情、任何角度都美丽，换一个发型都会给

人改天换地的惊喜。随后，她被介绍去CCTV试镜，拍广告的机会接踵而来。常常是，这个广告拍完了，导演就把她介绍给下一个导演，下一个拍完了，第三个广告的导演在焦急地等待……

拍广告，为她忧伤的青春找到了一个崭新的出口。"你想知道清嘴的味道吗？"说出这句暧昧广告语的，正是高圆圆。画面中，高圆圆那双灵性的微微惊愕的大眼睛，显得黑白黑白，画里有话，画外也有画，她用一盒清嘴含片挡住了自己的嘴。清纯无邪的"清嘴"广告一出，高圆圆即大红于天下。

不久，她开始了真正的演艺生涯。荧屏上，她的一举一动、一颦一笑，都闪亮、明快、动人，像一颗被擦亮的星。她说："演戏，是一件很耗激情的事，要全心全意地融入角色，爱也好，恨也罢，都能让灵魂得以净化。"

闲下来时，她总是通过一些活动来磨砺自己的意志。有一次，她参加美女野兽登山队，去西藏登雪山，其艰难是可想而知的。但她心中有个信念：如果这么艰苦的过程能坚持到最后，一生之中还有什么是走不过去的？就这样，她咬牙爬上了山顶。站在雪山之巅，于蓝天白雪间，刹那间，她对人生有了全新的认识，她觉得自己是出水的莲，是静穆的石雕，是天地间一叶美丽的存在。

当她上穿一抹绣着大朵大朵金花的黑色胸衣，下着黑蓬蓬公主纱裙，足蹬一双细高跟白凉鞋，在戛纳电影节的红地毯上笑容满面、昂首阔步地走去的时候，我们看到，美丽而忧伤的生命，总会在恰当的时候，找到最为合适的出口。

梦想从不卑微

凤凰

尼克的父亲早逝，他和哥哥以及母亲相依为命。哥哥每天都帮母亲做事，减轻母亲的负担，而尼克就知道整天东奔西跑。有一天，哥哥见尼克又要跑出去，便将他堵在了门口，哥哥希望他留在家里做点什么。尼克告诉哥哥他并不是无所事事，而是在忙自己的事。哥哥问他在忙什么事，尼克说他要用玻璃瓶建造一座城堡。

哥哥听了大吃一惊，问尼克："你知道建造一座城堡需要多少个瓶子吗？"尼克告诉哥哥需要两万个瓶子。哥哥告诉尼克，两万个瓶子可不是个小数字。尼克听了说："我能捡到两万个瓶子。一天一天地捡，一年一年地捡。两年，三年，或者五年，我一定能捡到这么多瓶子。"哥哥说："你去捡吧！"哥哥不相信尼克能捡到两万个瓶子，尼克也许能坚持十天半月，但绝对坚持不到捡到两万个瓶子。就算尼克真的捡到了两个万瓶子，他也不可能用它们建造一座城堡。

哥哥觉得尼克是个傻瓜，正在干一件愚蠢的事情。哥哥想以后就让尼克去捡他的瓶子吧，他多帮帮母亲就是了。到时候，尼克建不出城堡，看他怎么收场。

上学放学的路上，尼克一路找瓶子。逛街的时候，尼克满街找瓶子。只要有空，尼克就溜出家门，四处找瓶子。大大小小的瓶子，五颜六色的瓶子，尼克都捡回来。尽管尼克很努力很勤奋，可是每天他也只能捡到几十个瓶子。

捡来的瓶子，尼克堆放在屋后。

人们看到尼克每天四处翻捡瓶子，便问他捡瓶子干什么，尼克说他要用两万个瓶子建造一座城堡。人们听了都大笑起来，大家都劝尼克放弃，说他不可能捡到两万个瓶子，不可能用两万个瓶子建造一座城堡。

对于人们的两个不可能，尼克不以为然，他想他每天都在捡瓶子，总有一天，他会捡足两万个瓶子。有了两万个瓶子，他就能建造一座城堡。

有人将尼克捡瓶子建造城堡的事告诉了他的母亲，母亲听了很生气。尼克一回家，母亲就拉过他教训道："你是不是在捡玻璃瓶子？"尼克回答"是"。母亲说："你想用玻璃瓶建造一座城堡？我告诉你，这是不可能的事。在此之前，没有人这么做过。你知不知道，玻璃瓶一不小心就会碎，会划伤你的手。你不能像你哥哥那样帮我做点什么就算了，但你不能给我添麻烦！"母亲教训完后，让尼克不要再去捡瓶子，否则她会狠狠地惩罚他。

尼克没有把母亲的话放在心上，他不怕瓶子划伤手，不怕母亲惩罚他，依然继续捡他的瓶子。他想，现在，所有的人，包括他的母亲都不相信他能建造一座城堡，那么，他就更不能放弃，他一定要用瓶子建造一座城堡给大家看看，让大家知道，所谓的不可能其实是可以实现的。

两年半之后，尼克终于捡足了两万个瓶子。面对堆得像一座山一样的瓶子，尼克露出了笑容，他告诉哥哥他捡足了两万个瓶子，下一步就开始建造城堡。哥哥听了付之一笑，他想尼克虽然能坚持捡足两万个瓶子，可是他不可能用它们建造出一座城堡——因为用瓶子建造城堡，闻所未闻。况且，瓶子是光滑的，一放上去就会掉下来摔碎。要用它们建造出一座城堡，简直就是天方夜谭。

正如哥哥所想的那样，开始的时候，尼克将瓶子一放上去，就会立即滑下来摔个粉碎。哥哥担心尼克受伤，便劝他放弃。可是尼克哪里肯放弃，他继续用瓶子建造城堡，他想瓶子摔碎了可以再捡，城堡垮塌了可以再建。

瓶子不断地摔碎，城堡不断地垮塌，可是尼克的信心没有摔碎，梦想没有垮塌。经过半年的努力，尼克终于用两万个瓶子建造出了一座坚固的城堡。城堡不怕风吹，不怕雨打。

阳光下，城堡熠熠生辉，吸引了许多远远近近的人来参观。尼克的城堡随之广为人知，尼克也一举成名。这时，尼克的母亲在家门口摆摊卖起了各种小吃，生意十分火爆。收入增加了，尼克一家的生活状况也随之改变。

十几年后，尼克成为一名著名的设计师。由他设计的建筑，每一座都让人为之惊叹。有人问他为何能设计出与众不同的建筑，他提到了小时候建造城堡的事，他告诉大家：只要敢想，敢做，就没有任何做不成的事，因为梦想从不卑微。

那个没有混出人样的人

李良旭

兄弟 4 个，在父母的眼里，4 个孩子，有 3 个孩子都混出了个人样，只有老大没有混出个人样。父母很少对人提起老大，提起其他 3 个孩子，父母眼里总是闪现出幸福的光芒，仿佛看到远处一道绚丽的美景。

看到人家露出羡慕的神色，并发出啧啧赞叹声，父母脸上就会露出更加灿烂的笑容。那笑容，好像格外清澈、明媚。

兄弟 3 人，都在城里有着体面的工作和身份，只有老大还一直在乡下。据说老大小时候学习一直很好，由于家贫，看到父母压力大，他小学一毕业就辍学了，从此，开始帮父母上山打柴、种田，什么样的农活都干。

那个头发花白的教书老先生，得知老大不上学了，心急如焚，他连夜赶了过来，对老大说："孩子，你学习很有天赋，继续上下去，将来一定会有一个好的前途啊！"

老大眼里滚动着一丝泪花，说道："谢谢您！家里负担太重，几个弟弟还小，我是老大，要为这个家做出点牺牲啊！"

老先生听了，不住地摇头、叹息。

他很能干，小小年纪，就像个男子汉了。他的那双手，渐渐长满了老茧，脸上有了种与他年龄不相称的沧桑和忧愁。不过，看到弟弟们学习都很好，每学期都能拿奖状回来，他的心里像盛满了蜜。

他一年四季穿着老粗布衣服，像他的皮肤，变得粗糙、暗淡。才十五六岁，他就已成了家里重要的劳动力。他的话开始越来越少，有时看到弟弟们在灯下认真看书，他投过去深深的一瞥，那目光，满是留念和向往。

时间一天一天地过去了，兄弟3人先后都考上了大学，离开了乡村，在城市里安家落户。他们的日子越过越好，越来越体面，用他们父母的话来说，他们是混得越来越像个人样，只有老大混得不像个人样，丢了他们家祖宗的脸。

他们将父母接到各自家里，父母看到他们的生活过得比蜜还甜，笑得合不拢嘴。不经意地提到老大，父母不禁又唉声叹气起来，说他还住在老屋里，40多岁的人了，到现在还娶不上媳妇，只知道砍柴、种田，一分钱也舍不得花，混不出个人样来。

兄弟们轻轻地叹着气，满是无奈和沮丧。

有一年，老大到城里来过老三家一回。这是他第一次到城里来，家里的农活，一天也离开不了，他感到这是他人生最大的一次奢侈。

他带来从地里收上来的一小袋山芋。他看到侄子，将袋子里的山芋拿出来给侄子吃。侄子看也不看，从零食盒里拿出火腿肠津津有味地吃着。

老大尴尬地用手抚摸着侄子的脑袋，要抱侄子到腿上坐坐。侄子用力挣脱，说道："你身上有很难闻的味道！"

老大"嘿嘿"地干笑着，有种手足无措的样子。

妻子在厨房里悄悄地问老三："他晚上睡哪里？"

老三想了想，说道："就让他跟儿子睡吧！"

妻子脸一沉，说道："这怎么行，那不把床弄脏了吗？"

大概妻子的声音大了些，老大在外面听到了，只听到老大说道："我就在外面地板上睡一宿，明天一早就赶回去，田里还有许多事，今天来这里，看到你们过得都很好，我太高兴啦！"

妻子听了，尴尬地笑了笑，心里好像一块石头放了下来。

夜里，老三轻轻地打开房门，伸出头，看到客厅里睡在地板上的老大，

只见他蜷缩在墙角，一点声音也没有，像一只小猫。

第二天天刚亮，老三起床，看到客厅里的老大已悄悄地走了，墙角处，还有他带来的一小袋从田里收上来的山芋，孤零零的。那一刻，老三心里好像有些失落，眼角不知怎么有了些湿润。

兄弟在外，很少向人提起家乡还有个种田的老大。他们为有两个在外混得有人样的兄弟而感到无比自豪和骄傲，他们从心里鄙视老大混不出个人样来，影响了他们兄弟的形象。

村子里的人，都知道他们家有3个兄弟在外个个混得像个人样，他们有时教育自家孩子，不好好学习，将来只有像他家老大一样，混不出个人样来。

孩子再看到老大，对家人说："我看到他长得像个人样呢，为什么总说他混得不像个人样？"

"啪——"的一声，孩子头上重重挨了一巴掌，只听到大人严厉地说道："一辈子只是在乡下种田，就是混不出个人样。"

孩子睁着懵懂的眸子望着大人，心想："你不是也在乡下种田吗？难道你也是没有混出个人样？还有那些在田里劳作的人，都是叫没有混出个人样？"

不过孩子终究没有说出口，他怕脑袋上又挨上一巴掌。

有人看见老大，老远就嬉笑道："老大，怎么你家只有你没混出个人样？"

老大听了，只是"嘿嘿"地干笑着，用手摸着已谢了顶的脑袋。那布满沧桑的笑脸上，像个清纯的孩子。

当得知老大去世的消息，兄弟3人一愣，恍惚间想起乡下自己还有个同胞兄弟。兄弟3人赶到乡下。一进村子，乡亲们就拉着兄弟3人的手，哽咽地说道："你们家老大可真不是孬种，冰天雪地里，看到村子里一个七八岁的娃掉到河里了，他二话没说，跳进冰冷的河水里将娃救了上来，可他却沉入河里，一直到几天后才浮出水面。"

在老大的坟前，兄弟 3 人长跪不起，他们哭诉道："我们一直说你没混出个人样，其实你活的才是个真正的人样，如果那事要是我们兄弟遇上，无论如何是不会跳进冰冷的河水里，我们外表活得像个人样，骨子里却很猥琐、孱弱。"

坟茔上，几株刚刚长出的纤细的狗尾草在轻轻地摇晃着。兄弟们抬起头，发现那狗尾草很像老大，他露出孩子般的笑容。

那些绚烂的花儿

周海亮

女孩受了伤，住进医院。她的眼睛上缠满厚厚的纱布，世界在她面前，突然变得黑暗一片。医生告诉她，一个月后，这些纱布才能拆掉。她问："我的眼睛能好起来吗？"医生说："当然能。不过，你必须忍受一个月的黑暗。"女孩有些害怕。一个月的黑暗？她不知道自己会不会疯掉。

女孩只有十二岁。她的父母长年飘在国外。父亲打电话安排妥当她的一切，可是他们不能过来陪她。他们很忙，有许多非常重要的事情要做。父亲说："等你拆纱布那天，我一定回来。——医生说过没事的，况且，还有无微不至的护士。"

女孩每天躺在床上睡觉，听收音机。她所能做的，好像只有这些。那是两个人的病房，带一个很小的洗手间。每天会有人把饭菜送到她的床前，然后离开。那是父亲为她雇的钟点工，就像一个走时准确的钟表。她不必担心自己的生活问题，可是无边无际的黑暗还是让她心烦意乱。她知道自己对面的床上有一位阿姨。那阿姨常常轻哼着歌。她的声音很好听。女孩想自己是那位阿姨多好。好像只要能够驱走黑暗，拿什么交换，她都愿意。

有一天阿姨突然问她："你天天这么躺着，闷不闷？"女孩说："当然闷，我快闷死了。"阿姨说："我带你出去走走吧？"女孩问："去哪里走走？"阿姨说："就去后院吧。那里有一个花园，现在，正是各种花儿开放的时候呢。"

于是女孩和阿姨走出病房。这是女孩住院后第一次走出病房。她紧紧握住阿姨的手，好像生怕自己走丢。阿姨好像猜中了她的心思，她在前面走得很慢。终于她们来到了后院，女孩感觉到和暖的阳光、清新的空气、香甜的鲜花气息还有在花间舞蹈的蜜蜂。阿姨牵着她的手，她说："你知道吗？其实现在，花儿开得并不多……因为是春末……牡丹都开了……多是大红的花瓣……像什么呢？对了，像簇拥在一起的大蝴蝶。还有蜜蜂……过几天，半个多月吧，花园里剩下的花苞应该全都开了吧？那时候，你正好可以看见它们啦。"女孩轻轻地笑了。那天她很开心。她一直盼着拆掉纱布的那一天，她盼得心烦意乱。可是今天，突然，她发现，原来期盼也是一件很美好很快乐的事情。

每天阿姨都要带女孩去医院的后院看花。她给女孩描述每一朵花苞、每一棵树、每一只蝴蝶和蜜蜂。有了她的描述，女孩记住了每一朵花的样子、每一棵树的样子，甚至每一只蝴蝶和蜜蜂的样子。现在女孩没有时间烦恼了。因为她的心里有一个芳香的花园，有一片绚烂的花儿。她想，等拆掉纱布那天，一定要那位阿姨为她多拍几张照片。她会站在一簇一簇的鲜花中，阳光遍洒在身上，她眯着眼，享受着阳光，笑着。那该是多美好多幸福的事啊！

拆掉纱布那天，父亲从国外赶回来，一直在旁边陪着她。的确，医生没有骗她，她真的在一个月之后，重新看到了久违的阳光。她咯咯笑着，拉父亲跑向医院的后院。——在清晨，那位阿姨离开了病房。她说，她会在花园等她。

阿姨也没有骗她。那儿果真有一个花园，有绿树红花，有成群的彩蝶和蜜蜂。阿姨正站在那里，对着她笑。

可是那一刻，她却愣住了。她发现阿姨无神的眼睛！

她竟然，是一位盲人！她竟然，看不见任何东西！

那天她们坐在长凳上，聊了很多。女孩问她的眼睛会不会好起来，她说："可能会，也可能不会。不过，只要心是明亮的，你就能拥有世界上最绚烂的花儿。"

那张床不属于我

鲁先圣

1945 年秋，惨烈的二战刚刚结束，在英国南部一座偏远的小城里住着一位在二战中以英勇善战闻名的退役将军，将军在这里有一座庄园，他与夫人和 21 岁的儿子杰克住在庄园里。

一天晚餐后，将军一家正在庄园的假山旁欣赏着深秋美妙的月色。突然，他们看见木栏外的街灯下站着一个青年人，那青年身着一件破旧的外套，清瘦的身材显得很羸弱，他正犹豫不定地看着庄园内的房子。

将军说："我们去看看，也许他正需要我们的帮助。"他们走过去，问那青年为何长时间地站在这里、他是否遇到了什么困难、是否需要他们帮助什么。

青年满怀忧郁地对一家人说："我有一个梦想，就是自己能拥有一座宁静的公寓，晚饭后能像你们一家一样坐在幽静的院子里欣赏美妙的月色。可是这些对我来说简直太遥远了。"

将军看着这个显然正生活窘迫的青年人说："那么请你告诉我，离你最近的梦想是什么？"

青年人说："我现在的梦想，就是能够躺在一张宽敞的床上，舒服地睡上一觉。"

将军拍了拍他的肩膀说："年轻的朋友，今天晚上我们就可以让你梦想成真。"

　　将军对儿子说："让仆人把我们的客人带到客房里去，把那个最宽大的房间给他，并给他准备一份丰厚的晚餐。"儿子叫来忙碌着的仆人，让仆人把青年人带进了富丽堂皇的房间。仆人指着那张豪华的软床说："这是庄园里最豪华的床了，睡在这儿，保证你像在天堂里一样舒适。平时只有将军最尊贵的客人来了才会使用的，你今天真有福气。我赶快为你准备晚餐，吃过以后就赶快睡觉吧。"

　　次日的清晨，将军一家早早就起床了。将军让儿子去客房看看他们的客人休息得怎么样。杰克轻轻推开客房的门，却发现床上的一切都整整齐齐，分明没有人睡过。杰克疑惑地走到花园里。他发现，那个青年人正躺在花园的一条长椅上甜甜地睡着。

　　杰克疑惑不解地叫醒了他，纳闷地问："你为什么睡在这里？你不是有一个梦想吗？"

　　青年人似乎很平淡地笑笑说："你给我这些已经足够了，谢谢你们。"说完，青年人头也不回地走了。

　　30年后的一天，将军已经去世多年了，杰克突然收到一封精美的请柬，一位自称是他"30年前的朋友"的男士邀请他参加一个湖边度假村的落成庆典。

　　在这里，他不仅领略了眼前典雅的建筑，也见到了众多社会名流。接着，他看到了即席发言的庄园主。

　　"今天，我首先感谢的就是在我成功的路上，第一个帮助我的人。他就是我30年前的朋友杰克。"

　　说着，他在众多人的掌声中，径直走到杰克面前，并紧紧地拥抱他。而此时杰克才恍然大悟。眼前这位名声显赫的大亨特纳，原来就是30年前那位贫困潦倒的青年人。

　　酒会上，那位名叫约翰的当年的青年人对杰克说："当你让仆人把我带进客房的时候，我真不敢相信梦想就在眼前。那一瞬间，我突然明白，那张

床不属于我，这样得来的梦想是短暂的。我应该远离它，我要把自己的梦想交给自己，去寻找真正属于我的那张床！现在我终于找到了。"他继续说，"多少年了，你们一家的善良和将军的智慧一直启示着我不断前行，我明白将军要告诉我的人生道理是，梦想要靠自己去创造。"

杰克与约翰成为他们所在城市最好的朋友。他们的故事，多少年以来也一直启示着无数的青年人。

难忘的十九处错误

刘代领

大学毕业后，爱好文学的我在上学的城市四处找跟文字有关的工作，投递了许多简历后便是焦急地等待，而等待的结果往往是失望。

后来，我幸运地被一家公司招聘为杂志社编辑，试用期三个月。当被电话通知上班时，我的那份喜悦之情真是溢于言表。

这家公司有十五六种杂志，我和一位也是刚毕业的女大学生被分到做一本文学类杂志。在我们俩上班之前，这本杂志由一个主编和另外两个编辑在做，其中一个编辑辞职了，另一个编辑因怀孕请假一年。

我们俩上班时，当期杂志的稿子已选好送去排版了。主编让我俩多看看以前的杂志，了解杂志定位、文章风格等，并嘱咐我俩，文字工作马虎不得，以后一定要多用心、多细心学习，在学习中提高自己，不断进步。

那期杂志排版后，主编让我们俩校对（编校是合一的）。杂志经过我们俩三校之后，主编不放心又校对了一遍，没想到他校出了十九处错误。

当时，主编生气了，说："亏你们还是大学生，一本杂志出十九处错误，让我怎么向公司领导交代？读者怎么看待我们的杂志？……"我俩被说得脸红耳赤，手足无措。我小声地说："我们刚毕业，没有一点工作经验，需要一个熟悉的过程，以后我们会多加注意和努力学习的。"我还发现我的女同事眼里都含了泪。那一天，我俩的心情很是郁闷。

没想到，第二天下午下班后主编把我俩叫到他的办公室，他微笑着说，

他觉得对我俩太苛刻了，我俩刚工作要有个学习的过程；还说他刚当编辑时也出过不少错，在多请教老编辑和自己不断地努力学习中才逐渐提高了编校水平；最后，他让我俩不要背上思想包袱，鼓励我俩以后多加学习，提高自己。当时，我俩笑了，我说一夜都没睡好觉，觉得自己连基本的工作都做不好；我的那位女同事说，她差点儿都没有勇气来上班了。

之后，我俩在工作中特别仔细认真，还把那十九处错误列出来贴到我们的办公桌前警示自己用心再用心，提高再提高。接下来的一个月，我俩人手一本编校工具书，遇到把握不准的就向老编辑请教。两个月后，主编说我俩的编校水平提高了很多，尤其是校对几乎没有错了。后来，我俩因为试用期工作做得不错而成为了正式员工。之后在工作中，我俩确实学到了很多知识，也成长了很多，年终还被评为优秀员工。

在这家杂志社工作了一年多后，我去了一家大型的杂志社做编辑，再后来我应聘到一家报社做编辑。而我的那位同事在工作了两年后也应聘到了一知名女性杂志做编辑，现在的她已是该杂志社编辑部主任了。一次，在QQ上聊天，我俩都觉得刚毕业工作那一年对于自己太重要了，是起步，是奠基，还提起了那对于我们记忆深刻的十九处错误，我们感慨万千，觉得正是那十九处错误让我们在工作中不敢懈怠，督促我们奋力拼搏，不断进步，勇敢前行。

你可以让自己永远年轻

鲁先圣

  无论是参加一些活动还是举行讲座的时候，我几乎都要回答这样的问题：您为什么看起来这样年轻？您为什么有那么旺盛的精力？

  我说，因为我还正值中年，还没有年老，这个问题还不具有代表性。我了解几位生理年龄已经六十多岁的人，他们都已经退休多年了，可是依然忘我地工作着，而且在退休以后开始了自己事业的第二个春天，取得了很大的成就，他们才更有资格回答这个问题。

  山东有一位曾经担任副省长的黄可华先生，他63岁从副省长位置上退休以后开始学习摄影。他放下架子，虚心学习，踊跃参加各种媒体的征文活动，背着一架相机到工厂、街道、农村采风，短短4年的时间，他的"意象瞬间"摄影作品就走进了法国的罗浮宫和意大利的威尼斯，成为第一位在罗浮宫展出作品的中国摄影家。《人民摄影报》用8个整版介绍他的"山、水、荷、羽"系列摄影作品，在全国摄影界产生巨大轰动。

  在参观他的摄影展的时候，几乎所有的人都不敢相信，这些作品出自一位年过花甲的老人之手，更不敢相信，这位痴迷摄影的老人曾经是副省级高官。人们看到的黄可华先生，红光满面，目光锐利，俨然是一个三四十岁的年轻的摄影记者。

  在我的故乡，我有一位多年担任副县长的朋友杨存义，他在职的时候分管文教工作，这使他有机会了解到故乡一带的风土文化，就很有心地收集了

很多当地的文史资料。连他自己也没有想到，自己日积月累地积累起来的资料，让他产生了浓厚的兴趣，他渐渐成为那一带文史方面的研究专家，几篇研究文章都在史学界产生了很大的反响。

我的故乡是曾子的故里，他潜心研究曾子的生平著述，在曾子研究领域也有了一定影响。他退休以后，我去拜访他，他见到我说的第一句话竟然是："我现在退休了，终于有时间静下心来做研究了，原来在职的时候，分管几个方面的工作，根本没有时间做研究，耽误了多少事情啊！"他给我看他正在创作的长篇历史小说《曾子大传》，经过这几年的创作，已经完成了。他红光满面，神采奕奕，眼睛里依然充满了那种逼人的锐气。他说，他感觉自己的人生似乎才刚刚开始，自己依然十分年轻。

一位心理学家曾经告诉我，人的一生有四个年龄：生理年龄、心理年龄、健康年龄和社会年龄。生理年龄是不可改变的，每一年都在按部就班地增加一岁。可是其他三个年龄却是可以随着兴趣、爱好、追求、活力和激情的改变而变化的。

国际上有一个通行的寿命标准，寿命等于成熟期的 5 至 7 倍者为长寿。按照这个标准，我们都完全可以活到 150 岁左右。可是，为什么我们几乎都没有达到这个寿命呢？原因很简单，大多数人到了 60 岁的退休年龄以后，认为自己是一无所长、不再为社会所需要的老人了，心态老了，免疫力迅速下降，各种疾病就集中爆发了。因此，对于大多数人来说不是老死的，而是病死的。

张学良在美国度过自己的 100 岁生日的时候有一个精彩的问答。有人问他："少帅您为什么这样长寿？"他回答："不是我长寿，而是我的那些朋友寿命太短了。"

是的，不是人家长寿，是我们大家的寿命太短了。对于我们中国人来说，我们国家的退休年龄是 60 岁，如果我们中年以后依然有鲜明的人生目标，依然有自己的理想和追求，那么我们的心理年龄就时刻是 20 岁，那我们的社会年龄就会永远定格在 40 岁，我们就会永远年轻。

显而易见的是，不论对于哪个年龄段的人来说，事业和追求是青春永驻的密码。一个没有了追求的人，生理年龄再年轻，也是一个老气横秋的行将就木的人；一个永远有着旺盛的激情和追求的人，不论生理年龄多老，他依然拥有宝贵的青春。

你是一颗珍珠砂

程应峰

在我所在的乡村，他是个公认的坏男孩。他的坏，不是天生的，而是后天所处的环境造成的。6岁那年，他的母亲去世了，8岁那年，他的父亲遭遇了车祸。此后，他和他的爷爷生活在一起。家庭的不幸带给他的是争强好胜的性情。同龄人中，他极有号召力，除了他爷爷，没有人能管得住他。在家中，他显得很听话。但一出家门，他就变成了另外一个人，整日和一帮惯于东游西荡的人混在一起。谁若和他过意不去，他绝不会让那个人有好日子过。天长日久，他的坏名声在当地就传开了。16岁那年，他在就读的学校犯了事，被送到劳动教养所改造了两年。从那里出来时，爷爷还硬朗，只是显得比以前更苍老更憔悴了。爷爷虽然心里不是滋味，但牵着他的手的一刹那，还是对他说了一句话："孩子，只要你振作起来，你就是一颗珍珠砂，凭你的聪明，我想，你一生之中，总会磨出光亮的。"

正是因为这句话，他重新拾起了高中课本，一改过去的做派，一门心思扎入了知识的河流之中。翌年，他考取了一所不错的高校。这个时候，村子里的人开始对他刮目相看，都说他聪明，前途无量。

然而，大学毕业后，自以为满腹学问的他，却在求职途中屡屡碰壁。很长一段时间过去，他都无法找到中意的工作。他失望，他痛苦，他的自尊心受到了极大的伤害。待在家中，村子里又有人开始嘲笑他，在别人冷冷的目光中，他感到生活是如此了无生趣，感到周边的一切是那样黯淡无光。绝望之中，他在家中割开了自己的手腕。

他醒来时，他那已然是白发苍苍的爷爷站在他的床边，看得出，他眼角垂着一抹老泪。一见他醒来，爷爷便慌忙将眼角擦了擦，轻言细语地安慰他，也轻言细语地责备他没有理由走绝路。他哭了，说没有地方能容他，尽管做出了很大的努力，还是没有人欣赏他、看中他。爷爷听了，从一个木箱子里拿出了两样东西放在手心，一颗粗粝如普通的小石子，一颗透亮莹洁、珍珠一般。爷爷笑着问他："如果是你，会看中哪样？"他指了指那颗珠子。爷爷笑了，其实这两样东西有同一个名字——珍珠砂。只不过一颗保持原样，一颗被打磨过。最后，爷爷还是笑着对他说："孩子，如果你是一颗珍珠砂，作为读过书的人，你应该知道，人生要有怎样的经历，才会放出炫目的光亮。"

这以后，他再一次振作起来，信心十足地走出了家门。因为他不再挑剔，很快就找到了一份工作。他从最苦、最累、最基础的工作干起，凭着自己的才干和努力，很快，他被看中，被重用。几年后，他有了足够的经营经验，也积累了一定的资金，他辞去了在别人看来相当不错的职位和工作，注册了一家自己的公司。他的事业、他的人生就这样开始了一个全新的旅程。

"你是一颗珍珠砂。"爷爷这句看似没有什么深意的一句话，不仅救了他的命，还让他扬起了人生信念的风帆，将他的人生推向了一个崭新的阶段。

相信自己是一颗珍珠砂，去迎接岁月的淬砺、生命的打磨，你的人生一定会光亮圆满。

第四辑
退避也能成就梦想

　　人生就是这样，没有过不去的坎，只要你有勇气面对，积极乐观地看待人生，鞋里也能开满鲜花。让鞋里开满鲜花，心灵也就会盛开希望之花，生活也就会随之盛开幸福之花。让鞋里开满鲜花，这难道不富有弥足珍贵的精神和价值吗？

努力去做不擅长的事

鲁先圣

老师和父母以及那些成功者经常这样告诉我们：做自己喜欢的事情，做自己擅长的工作，在自己感兴趣的道路上发展。甚至有一句这样的话，几乎是我们共同信奉的箴言：一个人如果一生中都在自己擅长的领域做着自己喜欢的事情，这个人必定有大成就。

对于这句话，我也一直是信奉不疑的。因为，就我自己的发展道路而言，我就是这句话的实践者和受益者。几十年以来我一直从事着自己喜欢的文学事业，而且这是我大学的专业，是我自幼的梦想，也是我一直感兴趣的职业，而且我也做得很成功。

但是，当我最近在研究比尔·盖茨的成功经历时，我发现，这位微软公司创始人之一、曾多次获得世界首富宝座的财富巨人，他的成功经验，却完全颠覆了这个理论。

具有世界影响的美国《财富》杂志，曾经对盖茨和他的父亲老盖茨做过一个专访，揭秘老盖茨是如何养育儿子的，他在儿子成长过程中提出了哪些建议。

父子俩就家庭关系、成长历程等揭秘了很多人们不知道的秘密。盖茨眼中的父亲很伟大，老盖茨眼中的儿子很优秀。盖茨是微软公司的创始人之一，他从哈佛大学退学创业的事情一直被人津津乐道。1995 年到 2007 年的《福布斯》全球亿万富翁排行榜中，盖茨连续 13 年蝉联世界首富；2008 年排名世界第三；2009年又一次成为世界首富。2008年6月，盖茨宣布退出微软日常事务管理，并把580亿美元个人财产全部捐赠到他跟妻子梅琳达共同创办的慈善组织"比尔和梅琳达·盖茨基金会"。现年83岁的老盖茨原是美国西雅图著名的律师，曾为解决微软各类官司等困境立下汗马功劳。

由于父亲工作繁忙，盖茨小时候主要由母亲玛丽负责养育。小盖茨在多数情况下都谨遵母命。老盖茨说，盖茨成为"爱争论的小男孩"大约是从11岁开始的，而且越来越让家里人头痛。从那时起，盖茨不断冲撞母亲。玛丽对儿子的一切期待——保持房间干净、按时吃饭、不要咬铅笔——忽然成为双方摩擦的起源。

盖茨12岁那年，他跟母亲的大战达到顶峰。有一次，在餐桌上，盖茨冲着母亲大吵大嚷，盖茨现在将那次事件描述为"极其不敬，带有狂妄自大的孩子般的粗鲁"。

老盖茨和妻子带盖茨去看了心理医生。盖茨回忆说，他当时跟心理医生说"正想与控制他的父母爆发战争"。心理医生当时告诉老盖茨夫妇，他们的儿子最终将赢得"独立战争"的胜利，他们最好减少对他生活的干涉。

老盖茨和玛丽最终掀开了抚养孩子的重要一页：选择放手，让孩子去他不熟悉的行业里接受锻炼。他们把儿子送到认为会给予孩子更大自由的学校——私立湖滨中学，这所学校现在因是"盖茨首次接触到计算机的地方"而闻名。他们鼓励孩子去做自己不擅长的事情：外出参加很多体育活动，比如游泳、橄榄球和足球，而这些项目恰恰是孩子最讨厌的弱项。

盖茨说，那时，他以为这些是毫无意义的事情，但后来这种锻炼给了自己许多展现领导才能的机会，并且让他懂得很多事情他并不擅长，而不是自己擅长什么就只做什么。父母当时这样敦促自己，因为他们知道，当面对这些事情的时候，自己经常退缩。他从那时开始意识到，他没有必要证明自己在父母面前的地位，而是要向世界证明自己。

　　显然，正是这种对自己不擅长的事情的刻意的锻炼，让盖茨具有了那种敢于挑战、勇于探索、迎难而上的品质，使他在未来充满挑战的计算机领域大显身手。

青春、梦想和房子

纪广洋

中秋节回家探亲之际，我遇到了孩提时代的几个伙伴（也都是中小学时期的同学）。多年不见的几个老朋友偶然聚到一起，都非常高兴，有人提出来喝几杯，大家一致赞同。转眼之间，我们都是年过而立直奔不惑的人了。有恪守田园，专心务农的；有接班进城，而今下岗的；有囿于单位，聊以度日的；有辞职自由发展，走南闯北的；有出国留学，海外发展的……盅来杯往间，我们谈论最多的自然是青春和梦想，而事关青春、左右梦想的，居然是房子、房子。

恪守田园的，因为当年他的父母要盖房屋，而中途辍学。而今，他又在准备着翻盖房屋，他刚刚十七岁的儿子已经有给提亲说媒的了（他儿子和他一样，初中没毕业就辍学了）。按他的话说："我这一辈子唯一的心事就是给儿子盖个好房屋，不能让人家瞧不起……"

接班进城的，由于工厂不景气，他和他的夫人两年前就双双下岗了。他如今，既放不下"工人阶级"的身价，又不善经商，除了每天清晨帮夫人进些水果外，基本上是闲在家里。按他的话说，要不是为了单位分给的６０个平方米的房屋，他在十年前就辞职下海了，他的几个哥们曾邀他一起去海南发展。而今，那几个哥们的车库都比他的房屋大。

囿于单位的，快四十岁的人了，依然不见起色，还是办公室的一般文员。十多年来，他曾经有两次跳槽调动的机会，但考虑到老单位分给的房子比较

令人满意，而——错过。

辞职自由发展的，原来也有很不错的工作，工作单位也分给他既敞亮又便宜的商品房，还有一部由他支配的轿车。可是，在他三十岁那年，在他刚刚由办公室主任晋升为副总经理之际，他为了个人的爱好，毅然决然地辞职了。为了个人的艺术追求，为了实现梦中的理想，他卖掉了房子，离别了故乡的小城，先去了省城，又去了北京。而今，他不但实现了自己的理想和愿望，也早已成为金钱和财富的主宰者，他每年的收入都能买套比较高档的别墅。

出国留学的，说起来更有启发。当年，他的父母为了供他上学，居然卖掉了他家的一进院落。他也争气，由本科、硕士、博士一路飙升，五年前又作为国家外派专业人士去了海外。当恪守田园的哥们问他在海外的住房情况时，他诙谐地说："我在海外片瓦没有，都是寄身公寓，就是暂时居住的绝对不给房产证的公共寓所，连房间的卫生自己都没权打扫……"

有事业的地方就是家，看看人类史上那些出类拔萃者，有几个人是在本乡本土窝屈一生的？又有几个人为了固定的房屋而停止了追寻的脚步，收起了理想翅膀？所谓的安居乐业，对某些人来说，其实是一种惰性十足的小农意识和小市民思想，隐含着委琐的短视和短志。因为有些事业和成长，是需要运动和游走的，需要脱离所谓的安居。而一旦事业有成，还愁没有房屋吗？好男儿志在四方，为了理想、信念和追求，为了梦中的橄榄树，放迹天涯、四海为家。

让鞋里开满鲜花

刘代领

一场意外的交通事故使她失去了右腿，她仿佛觉得自己的世界坍塌了，抱怨命运对自己的不公，为此，她流下了许多伤心的泪水。望着天上的云朵，她感觉是那样的无聊；听着窗外的鸟鸣，她感觉是那样的闹心。她觉得生不如死，活着没有什么意思。

丈夫一直担心着她的坏心情。那天，丈夫给她讲述了一幅印象深刻的画：一位失去右脚的男子拄着拐杖，正专心地浇灌阳台上养在鞋子里的鲜花。画家取材的是真实的生活：一位男子失去了右脚，从这以后，男子每次买了鞋就在右脚的那只鞋里填上泥土，种下花籽。于是，每到夏天，他的鞋里开满了各种各样的鲜花。

"这位男子是多么热爱生命和生活啊。"讲完后，丈夫感叹地对她说，"生活就像一面镜子，你对它笑，它就对你笑；你对它哭，它就对你哭。你不能消极颓废下去，反而要学会正常人所不能及的'宽容'。无论经历何种苦难，都要微笑着去面对生活，更何况我还那么深爱着你。愿你像画中的男子让鞋里开满鲜花那样去热爱生活和生命。"

丈夫还专心地弄到了那幅画并张贴在他们的卧室里。只要热爱生活，就会有美好的未来。明白了丈夫的良苦用心后，她也开始在自己的那只右脚的鞋子里种上了花籽。从此，她也改变了以前对生活的消极态度，开始变得乐观起来。

　　长期在家里，她想自己不能整天闲着吧，想起自己从小就热爱看书，就让丈夫给她买了些她喜欢看的报刊和图书来充实自己的精神生活。丈夫还给她买了电脑，让她学习给报刊推荐稿子，说现在为数不少的人通过推荐稿子挣钱呢，有的荐稿人还成了写作者，有的还成了编辑呢。听了后，她更加有兴趣了，觉得丈夫说得真好，是啊，失去了一条腿，难道就不能创造出美好的生活吗？在学校读书的时候，她就喜欢文学，热爱写作，只要一看书，她的心马上就能平静下来。看书、荐稿、写作，这也不是很好嘛，她的生活开始有了新的目标。

　　刚开始的几个月，推荐的文章一篇也没有被采用，她却没有想到过要去放弃。后来，她开始反思自己，发现自己没有好好地研究报刊的栏目和风格，只是盲目地、没有针对性地大撒网般推荐文章，怎么能有好的收获呢。

　　后来，她开始有目的地研究几家报刊，重点给几家报刊推荐稿子。空闲时，她就浇浇那些鞋子里的花，心情也变得很是愉快。功夫不负有心人，渐渐地，她推荐的文章上了文摘类杂志，从一家到多家杂志，从一篇到多篇文章，还成为荐稿界小有名气的人了。

　　再后来，凭着辛勤的劳动，她每月推荐的文章上稿量都在十几篇以上，看的文章多了，自己还写起了文章，还有文章发表在报刊上。一分耕耘一分收获，她成了几家文摘类杂志的特约推荐人，她长期推荐稿件的一家杂志还聘请她成为了正式编辑，每月有了固定的收入，生活在她的面前铺开了一条看似充满荆棘但也盛开着鲜花的路，她觉得有无限美好的风光正等待着她去领略。

　　望着卧室里那幅《鞋里开满鲜花》的油画，回想起多年来丈夫对她的关爱，她总是感慨万千：只要热爱生活，鞋里也会开满鲜花；只要珍爱生命，就算受到的伤害再多、挫折再大，而人生仍旧能绽放出美丽的花朵来。精心地经营生活，残缺也可以展现另一种美。生活的美好和希望完全把握在自己的手中，就看你创造不创造了。她阳台上的那右脚的鞋子里种的花开得鲜艳无比，芬芳四溢。

人生就是这样，没有过不去的坎，只要你有勇气面对，积极乐观地看待人生，鞋里也能开满鲜花。让鞋里开满鲜花，心灵也就会盛开希望之花，生活也就会随之盛开幸福之花。让鞋里开满鲜花，这难道不富有弥足珍贵的精神和价值吗？

忍得屈中屈，方为人上人

王世虎

今年夏天，张玲从国内一所名牌大学研究生毕业，开始忙着找工作。仗着自己有高学历，学的又是热门专业，张玲信誓旦旦地决定，非世界五百强企业不进。

可现实是残酷的。奔波了一个多月，张玲参加了大大小小十几场人才招聘会，简历投了几十份，可除了沿海的两家民营企业向她伸出了橄榄枝之外，其他的求职信全都石沉大海，杳无音讯。

张玲的自信心受到了沉重的打击。当老师的父亲宽慰她："现在大学扩招，人才过剩，就业形势严峻，你又没任何工作经验，一定要放低自己的求职姿态，开始时累点苦点没什么，最重要的是自己喜欢，能在工作中提升自己，积累宝贵的人生经验。"

终于，本地一家著名集团向张玲发来了通知。张玲这次很谨慎，经过认真充分的准备后，她顺利地通过了初试和笔试环节，和另外几名成绩优秀的应聘者一起闯入了最后一关。也就是说，公关经理的最终人选，将会在他们之中产生。

最后的面试由集团董事长亲自把关，人事经理将按照抽签的先后顺序依次通知大家面试的时间。

第二天凌晨，张玲正在沉睡中，忽然接到了人事经理的电话，通知她立即去董事长办公室面试。张玲一看时间，还不到五点，虽然有些不情愿，还是迅速地穿好衣服，赶了过去。

到了集团大楼，张玲发现另外两名应聘者也陆续到了，三人礼貌地打了声招呼后，一起上了董事长的办公室。可按了半天门铃，也没有人开门。三人都觉得事情有些蹊跷：明明通知来面试，怎么没人呢？但碍于对这份工作的喜爱，大家也不好说什么，静静地在一旁等待着。

一个小时过去后，其中的一个女孩熬不住了，两只没睡醒的眼睛肿得跟桃子似的，小声地嘀咕了几句后，女孩气急败坏地下了楼。张玲和另一个男孩互相看了看，仍然坚持着。

又一个小时过去了，男孩也等得有些不耐烦了，望着董事长办公室紧闭的大门，他甚至怀疑今天的面试是个骗局。愤怒地责骂了几句后，男孩也毅然转身离开了。

见其他两名应聘者都放弃了，张玲也犹豫了起来，自己还要不要留下来继续等待？但转眼一想，两个小时都坚持下来了，还在乎多等一个小时吗？人，最重要的是讲诚信，既然答应来了，就应该坚持到底。张玲咬咬牙，决定再多等一个小时。

八点整，董事长办公室的门忽然从里面打开了。人事经理一脸严肃地从里面走了出来，见到张玲，劈头便问道："不是早就通知来面试吗？你怎么现在才到？"

张玲一听，顿时满肚子的怒气，自己明明早就来了，敲了半天门你却不开，现在却责怪起我来，你这不是猪八戒爬墙头——倒打一耙吗？但张玲忍着委屈，依旧微笑地回答道："您好，接到电话后我就赶过来了，可能是我敲门的声音太小您没听到吧？"

"其他的人呢？"人事经理接着问。

"其他两名应聘者也都准时赶到了。"张玲从容地说道,"可能后来有事,就先走了。"

人事经理忽然笑了起来:"张小姐,祝贺你通过了今天的测试,董事长正在里面恭候。"

张玲走进办公室,果然,一个西装革履、风度翩翩的中年男人正坐在办公桌后,认真仔细地审阅着她的个人简历。看见张玲,中年男人笑着站了起来:"您好,我是集团董事长,现在正式通知你,你被本公司录取了。欢迎你,张小姐!"

录取了?张玲满脸的疑惑,这算哪门子面试啊?

看张玲不解的神情,董事长感慨地说:"说实话,你们几个人都十分优秀,毕业于名牌大学,不是硕士就是博士,如果单从学识和聪明才智方面考核的话,你们任何一个人都能胜任公关经理这个职位。然而,我今天重点考察的是你们的牺牲和忍耐精神。一名合格的公关经理,在工作的过程中,势必会遇到许多不可预知的困难和阻碍,这就需要你随时准备牺牲自己的私人时间去应对和解决。"

张玲若有所悟地点点头。

董事长接着说:"首先,我们不合情理地通知你半夜前来面试,你做到了,这说明你很喜爱这份工作,宁可为此牺牲自己的私人时间;其次,在其他的应聘者纷纷离开之际,你是唯一一个坚持到最后的人,说明你具有忍耐精神;此外,在人事经理强词夺理的责问下,你依然能平静地应对,说明你是一个能包容、有气度的人。就这三点,试问还有谁能比你更胜任这个职位呢?"

听完董事长的话,张玲这才豁然开朗,露出了会心的笑容。

的确,随着大学扩招的浪潮,如今的高学历人才遍地都是。但学历不等于能力,初入职场,我们不仅要"眼高"更要"手低",卧薪尝胆,不是屈辱,而是为将来的成功打下更坚实的基础。

为人处世，能吃苦固然重要，但懂得放下虚荣和名利，懂得隐忍，才更加难能可贵。诚如重庆力帆控股集团董事长尹明善老先生所说："在中国这种传统文化的教育下，能吃苦的人，漫山遍野都是呀！所以我说，吃得苦中苦，不过人中人；忍得屈中屈，方为人上人哪！"

人生的金牌

侯兴锋

"跌倒了再爬起来是我的人生信念，我要做一个生活的强者，我想拿的是人生的金牌。"说这话的是原国家体操队队员桑兰。

桑兰，宁波市一个普通家庭的独生女。

5岁时，能歌善舞的桑兰被市少年体育学校教练看中，从此她便和体操结下了不解之缘。在体操队中，她个子虽小，却最能吃苦。拉韧带、练柔软等艰苦乏味的基础训练，她都能咬牙坚持下来，从未流泪和抱怨过。她的教练说："桑兰是个不知疲倦的孩子，素质特别好，只要稍加点拨，就能领会动作要领。如倒立，一般要经半年以上的练习才能完成，她只花了一周时间。"

1988年，桑兰在浙江省体育体操比赛中初露锋芒，被省体操、技巧、跳水三个队的主教练同时相中，最后被挑选为体操运动员。一年后被送往浙江省体操队参加集训。两年后，桑兰在浙江省第九届运动会上大显身手，一举夺得女子乙组全能和其他四个单项冠军。1992年，桑兰的出色表现和优异成绩引起国家体操队的重视，被正式选入国家队。在1996年南京举行的城市运动会上，桑兰夺得女子全能和跳马的双料冠军。第二年，她又在全国冠军赛和第八届全国运动会上获得跳马项目的金牌。

十七岁的桑兰前途一片光明。

她当时正积极练习一些高难度跳马动作，譬如"前手翻转体180度直接后空翻"，准备在2000年奥运会上夺取金牌，攀上事业高峰。1998年7月，桑兰赴纽约长岛参加世界友好运动会，作为奥运前的热身赛。可是万万料不到就在 7 月 21 日傍晚，她练习跳马时失手跌倒，头部着地，颈椎神经严重受伤，胸部以下失去知觉。

一瞬间，夺取奥运金牌的梦想成了泡影。

在厄运面前，她没有低头，没有沮丧，每天都坚持练习生活动作，比如刷牙、洗脸等简单动作，但每次尝试都让她大汗淋漓。

母亲看到女儿重伤在床，不停地流泪，桑兰安慰母亲说："妈妈，你别哭，我一定会战胜伤病，我有信心。" 8 月初友好运动会落幕，即将回国的队友到医院向桑兰道别时，几乎所有人都哭了，但桑兰强忍泪水，笑着对大家说："我会好起来的。" 桑兰坚强面对伤患的感人事迹，受到全美的关注，很多名人都去医院探访她。著名歌手狄恩在探望时感慨地说："我的歌声感动了美国，而桑兰勇敢坚强的精神和永恒的笑容，却震撼了全世界。"

经过几个月的治疗和锻炼，桑兰的腕部和肘部已恢复了功能，背部和胸部已开始有了感觉，但今后能不能站立行走，却只能寄望药物研究上有新突破。主治医生遗憾地说，如果没有新的技术，桑兰的下半身将永久瘫痪。桑兰仍然充满信心地说："我很可能不能再站立和行走，但我永不会放弃希望。"

从此，桑兰只能坐在轮椅上。

虽然已经无法在赛场上角逐，但她没有虚度光阴，经过多年的努力学习，这个阳光女孩终于赢得了人生的另一个春天。她先被北京大学破格免试录取，就读广播电视专业；又加盟星空卫视，成为《桑兰2008》节目的主持人；在众多媒体上开设了她的体育述评专栏；并与互联网结缘，她的全球个人官方网站上线……她的事业，一步一步达到了巅峰；她的价值，一点一滴得到了体现。

在通往奥运的路上，桑兰跌倒了，但她凭着执着，凭着拼搏，凭着永不言败，却意外获取了人生赛场上的一枚又一枚的金牌。

人生没有太晚的开始

　　跌倒并不可怕，失败并不可怕，可怕的是缺乏重新站起来的勇气。命运不是天注定的，没有人敢断言你未来的成败得失。在人生的低谷中，只要你能擦干眼角的泪水，抚平身心的伤痕，坚定前进的步伐，就一定能迎来属于自己的一片灿烂阳光。

你，摘到人生的金牌了吗

纪广洋

生命之旅中不知为什么有这么多的险要和劫数，一次次险象环生的事故像预先安排好的特殊课程，不断考验着生命也锤炼着生命。

那是在我刚刚会走路的时候，比我大八岁的二哥用一辆平板车拉我玩，当我们走上一座村边的小石板桥时，同村的一个大婶欲拦住车子逗我玩儿，一时没反应过来的二哥，三晃两晃就把平板车推翻到桥下。桥下是一条早已干涸的护村壕，当二哥、大婶眼看着我被平板车整个砸在下面时，二哥惊呆在那儿久久未动，大婶则一屁股跌坐在石板桥上吓昏过去。后来，当路过的人们把那辆平板车掀起来时，他们惊喜地发现，我不仅还活着，而且正嘻嘻哈哈地坐在一个深深的泥坑里嬉戏玩耍着，左手攥着一个大河蚌，右手抓着一条小泥鳅。

原来，在壕里的水断流之际，小桥附近的人家为了存水没稻草（纺草绳），在小桥的下边挖了一个一米见方的深水坑。平板车翻下时，我正好掉在那个尚有泥水的深坑里，免遭一次灭顶之灾。可以说这是一种幸运的巧合，迷信的人们称之为天意。

一年之后的另一次翻车就更危险，差一点要了我的小命。那是一个麦收之后的稻苗插秧的季节，二哥领着我到一片爪哇国的田间去给母亲送饭，回来的路上，遇到一辆已卸下秧苗的地排车（一种两轮农具），酷爱车辆的哥弟俩，便借着道路两旁的矮柳墩（遮住了大人们的视线），过起了车瘾。按

二哥的主意，我背对着车厢坐在车子的尾部，他则拧着身子屈起右腿坐到车把上，光用左脚蹬地，两手牵牵强强地扶着车把，玩起了二人都能坐在车上的"一脚蹬"。早已被秧苗上的泥水弄得滑不溜鳅的地排车，在二哥起落有致的蹬击下，像跷跷板一样前张后仰地快速行进着。就在我俩大呼小叫地忘乎所以时，车子进入一段又窄又滑的泥水路。当二哥意识到在这种糟糕的路面上无法控制车辆时，已经晚了。车子翻进水沟的瞬间，我分不清是被车尾厥起来的还是自己跳起来的，反正是比车架提前一步跌入水中。就在我眼冒金花、憋得难受，想挣扎着浮出水面时，头顶上却有一个硬邦邦的东西压迫着，再动弹不得……

当我终于苏醒过来时，手里紧紧地抓着一个弯弯的豆角（那是母亲在地头上刚为我摘的），趴在一个石质的大碌碡上——家乡的人们总是用这种土办法为溺水者控出肚里的水。这时离出事的时间快一个小时了，是闻讯赶来的母亲坚持着说，再等等、再等等、再等等，我才慢慢地又能动、又会哭了。要是按以往的经验，溺水者十分钟之内活不过来，也就"判了死刑"。

后来，听二哥说，他当时被车把打昏了，倒在沟边的淤泥里。就在他处于云山雾罩的昏迷状态时，他似乎听到我在不停地叫喊他，他才噩梦一样苏醒过来。可他再也找不到我的踪影，就断定我被砸在了车架下面。当时已来不及喊人求救了，他果断地潜入水底把比他重几倍的车架子掀翻过来，接着从泥水中拉出我来，然后又抱着脸色铁青的我，一气跑了一里多路，才找到那个碌碡的。

年少的二哥、古老的碌碡、揪心的母亲，再次让我幼小的生命起死回生。一个生命的成长和延续，总有意想不到的许多事情伴随着，就像原野的草木无法避免雷电风雨一样。

说起另一次也是有关地排车的危险事儿，已是多年之后我上高中时的假期里。当时，村北的洙水河上架设新桥，村民们承包了堆起桥基坡度的活儿。

那天我是替大哥出工的，与我共推一辆车的是我的堂哥。记得是刚推了第三趟的时候，我和堂哥正在桥坡的下端卸车，两个同村的毛头小伙子从桥坡的上端推着满满的一车泥土往下来，也许是因为载重的车辆在陡坡上下行的惯性太大，也许是因为那两个小伙子一上来推得太快了。当他们的车辆高高在上离我大约一百米时，两个小伙子的步履已跟不上车辆的速度。而此时此刻，那辆脱缰的野马一样下行如飞的车辆正好对着我的后背，可我因正全神贯注地掀车卸土，竟是毫无觉察。就在那两个小伙子吓得愣在那里时，在车辆另一侧的堂哥忽然发现了突如其来的险情，他边抬手朝我身后一指，边大张其口惊叫一声。我回头看时，飞车离我近在咫尺了。而我的两边是两个拦腰高的车把，也就是说，我被卡在正对着飞车的不到一米宽的空间里。也许是一种本能的反应，也许是一种求生的欲望，我一边转身一边冲着飞车就地弹起，而且弹得特别的高，当我以一种非常潇洒的箭步稳稳落地时，飞车已撞着我的车辆翻滚而过。两辆车都撞得不能使用了，两个小伙子吓得哭了，堂哥也惊出一身冷汗。

人的生命中是有灵魂的，我们常说的灵活、灵敏，就是对人们在思维活动或突发事件中积极进取、不甘落难而做出的反应。我常常想起那个就地弹起的箭步。整个身体长在腿上，生命的图腾就在脚下。

什么时候开始都不晚

周礼

我常听一些人抱怨："算了，不想再努力了，都这么大把年纪了""这辈子没什么希望了，就这么凑合着过吧"。其实，说这些话的人并不老，他们大多都在四十岁左右，年富力强，精力充沛，只是他们遭遇了太多的失败、太多的打击，以致灰心丧气，得过且过。

当一个人错过了黄金学习时期，错过了黄金创业阶段，就真的没有成功的希望了吗？事实并非如此，只要你想上进，什么时候开始都不晚。

安娜·麦阿利·莫泽斯出生于美国纽约州一个农民家庭，27岁那年，她嫁给了一个农场里的雇工，先后生育了11个孩子，从此，她将生命的大部分时光都消耗在了孩子身上，成了一个名副其实的家庭主妇。为了照顾家人，她牺牲了自己的青春年华，牺牲了自己的兴趣爱好，牺牲了自己想要追求的生活，数十年来，她几乎没有出过门，一直默默地坚守着，洗衣，做饭，干农活……时间一晃就是四十年，此时的莫泽斯已不再年轻，她已是一个67岁的老太婆了，而这一年，她的丈夫又被马踢伤，不治身亡，她不得不和小儿子一家人生活在一起。

失去经济来源的莫泽斯成了儿媳妇的眼中钉，尤其是她患上风湿症，丧失劳动能力后，儿媳妇变本加厉，恨不得将她扫地出门。看着儿媳妇阴沉的脸，莫泽斯决心自食其力，她勇敢地拿起了画笔。做一名画家，一直是莫泽斯的梦想，只是年轻时被贫穷所困，中年时又被孩子和家务所缠，直到70岁，她才心无旁骛，无所牵绊，可以安安心心地画几幅画了。

没有画笔，就用刷漆的板刷代替；没有画布，她就在门廊和厨房的地板上画；没有素材，她就到田野里、山坡上去寻找。经过五年的刻苦努力，莫泽斯终于创作出了第一幅作品《农场·秋》，这幅作品一问世，就受到了人们的广泛关注，并被托马斯·德拉格斯特亚收藏，摆放在商品陈列窗内。随后，"莫泽斯老奶奶画家"的名号传遍了纽约，她的作品被刊载在各大报纸杂志上。不久，莫泽斯的作品流传到了法国，罗浮宫近代美术馆出资100万美元，收购了她的一幅作品。而在普希金美术馆举办莫泽斯的作品展时，排队参观的人竟然高达11万。

在102岁以前，乔治·道森一直是一个默默无闻的人，直到90岁时他才猛然意识到自己的这一生都虚度了，似乎应该在这个世界上留下点儿什么。于是，他进了扫盲班，开始学识字，学文化知识。后来他爱上了写作，并孜孜不倦地朝着这个方向前进，终于在他102岁那年，完成了自己的处女作《索古德的一生》。这本书刚刚上市，就引起了巨大的轰动，成为美国当时最畅销的书籍之一，乔治·道森也一下子从一个名不见经传的小人物，荣升为一个人们喜闻乐见的大作家。

原来，一个人的命运完全掌握自己的手中，你想成为一个什么样的人，想过什么样的生活，改与不改，什么时候改变，都完全取决于你自己，只要你想成为一个有价值的人，什么时候开始都不会晚。

石匠的改变

周莹

石匠下岗了。

石匠从来没有想过自己会下岗。

石匠第一次知道"下岗"这个词语。

下岗之后的石匠，只晓得从此自己就没事可做了，那些跟了他半辈子的工具，也要下岗了。

关于下岗这个词语，石匠是从村长家那个在城里上大学的儿子嘴里得知的。

石匠的名字叫王大。

王大是王屋场王世江的大孙子。王世江是有名的石匠。

下岗后，王大望着后山上光滑圆润的石头，心如刀绞。这以后的日子，可咋过呢？

夜半，王大总是在梦里哭醒。

一个月亮皎洁的夜晚，睡不着的王大独自披衣下床，来到院子内独坐。

"我可是做了半辈子的石匠，再去改行做点别的，多别扭。还不一定那个做好呢？"五十岁的王大，一边抽着旱烟，一边思考着这个严峻的问题。"这下岗的滋味真不好受。"王大坐在院子里桂花树下的石墩上自言自语。

月上柳梢头，石匠还在抽烟。

在那忽明忽暗的烟火中，他回到了自己的青年时代。他想起自己的祖祖辈辈，他们可都是方圆百里最棒的石匠。爷爷是石匠，父亲也是石匠，轮到自己，爷爷还是决定要把祖传的石匠手艺传给他。他犹豫着，要不要学习石匠的手艺。这时，父亲就发话了："祖传的手艺，非学不可。"还在念高二的王大，懵懂地问父亲："为什么非要学呢？"父亲威严地说："祖传，就是不能外传的手艺。你不需要学，要不然……"

父亲的话，还没有说完，王大就急了："不学又能咋的啥？"父亲捡起墙角的扫把，就扔了过来："你小子翅膀硬了，对吧？敢说忤逆不孝的话？你读的那些书，是不是都读到牛屁眼里去了？从今天开始，你不要给老子念书了。回来，学石匠。"

父亲是个说一不二的人。从那天开始，王大就没有念书了。不是王大不想念书，而是王大自己说了不算。他的人生，由他父亲主宰。

王大在父亲的监督下，从学校拎回了书本和被窝。离开学校的那一刻，老师撵到门口说："你的人生，要自己做主啊！"老师见王大离校的背影是那么的决裂，又补充一句说："王大，放弃上大学的机会，去学石匠，你早晚要后悔的。"

王大想起老师临别的话，就后悔得万箭穿心。

"当初，要是我能够拿出自己的主张，一直坚持上完高三，一定考上了大学。我在学校的成绩名列前茅，怎么会考不上大学呢！当年比我学习差的李武，就考上了省里一所不错的大学，现在在县里工作，还是一个领导。"

为了父辈的愿望，王大放弃了自己的理想，成全了父辈的名誉。表面上是成全，光宗耀祖，其实上是毁灭。父亲亲手毁灭了一棵大树苗。

王大清楚地认识到了这一点。此时，他开始怨恨父亲，虽然父亲已经埋在地下多年了。

整整一个夏季，王大都是沉默寡言、郁郁寡欢的样子，十天难得说上一句话。

王大陷入了痛苦的深渊中，无法自拔。

怨恨、后悔、无助、无奈、心痛，就像一条条吐着红信的毒蛇，白日昼夜，撕咬着他，纠缠着他，吞噬着他。他被这些活灵活现的毒蛇凌空架起，没有半点喘息的机会。

梦中，全是熟悉的场景：一些奇形怪状的石头，以及石头上的硬度和纹理。王大学石匠的第一天，爷爷告诉他："学石匠，你一定行！因为你悟性高。很多人做了一辈子的石匠，对石头的硬度和纹理还是摸不透。"王大摸着那些石头，感觉到了石头的呼吸和渴望。

王大很快就爱上了那些石头，并开始熟悉每一块石头的个性。他认为，每一块石头，都是大地母亲的孩子，它们都有属于自己的个性。有的石头，想成为磨盘，有的石头，想成为石雕，而有的石头呢，则想成为工艺品。每一块石头，都渴望通过石匠的思想和抚摸来实现自己的梦想。

他自己的梦想夭折了，石头的那些梦想，他要尽力成全。这是他做石匠的初衷。

每一块石头，经过他的打理和抚摸之后，都改变了从前的模样。那些石头，从前都是丑陋的，一旦被雕刻，就不再是从前的石头了。方圆百里的石狮、石门，以及石雕，都是他这半辈子的杰作。有那些杰作做铺垫，他无论走到哪里，都是气宇轩昂的脸谱。这是一个石匠最为自豪的事情。

现在，下岗了。那些气宇轩昂的精神，也不见了。

这辈子，这样自豪了多少回，王大数都数不清。

这辈子，再也不能这样自豪了，王大黯然神伤。

石匠的生涯，到此为止。

祖传的手艺，再也不能传下去了。

"我该干点啥呢？"王大整日整夜地思考着。

几天后，王大的孙子过生日。老伴要王大一起去城里的儿子家，给孙子庆祝一番。

王大只好随着老伴前行。

在酒店吃完饭，回儿子家的路上，王大看到一张写着市老年大学招生的广告牌子。那一瞬间，王大的眼睛放光，纠缠他许久的那些毒蛇般罪恶的感觉彻底消失了，取而代之的是喜悦和兴奋，那个夭折大半辈子的梦想就要复活了。

"我要上大学！"他郑重地向儿子和老伴宣布这个决定。

老伴犹豫着。儿子却说："上吧。反正你也不当石匠了，那就当个学生。"

王大回家，把那些生锈的工具，都扔进了屋后的枯井中。然后，揣上自己的积蓄，又进城了。在儿子的支持下，他为自己的理想开垦出了一个新的岗位：老年大学生。

开学的那一天，老伴把他送到学校门口，对他说："王大，你又上岗了，只是名称不同而已。一个是实现石头的梦想，一个是实现自己的梦想。"听到老伴说的这句话，他舒心地笑了。那笑容，比打造出了一尊漂亮的石雕还要生动。

水

余显斌

一场灾难毫无预兆地降临，灾难过后，小镇一片狼藉。到处都是尸体，惨不忍睹。

在灾难中，他幸运地活了下来，却受了重伤。

是雨滴，开始是一点，两点——接着是一片，滚豆一般落下。笼罩了整个小镇，也笼罩了天，笼罩了地。

雨，也浇醒了他。

他动了动身体，感觉到，自己简直是在炼狱中，浑身火辣辣的疼，左腿和左胳膊仿佛已不听使唤了，但疼痛却顽强地保留下来，通过神经，传遍全身每一寸肌肉，一动，疼痛直往肺里钻，扯得他直吸气。背上，雨淋下，如针刺在伤口上，他浑身肌肉直颤。

他艰难地翻过身，仰面朝天，张大嘴，接着雨水。

雨水的滋润，让他头脑清醒，可痛苦也更加尖锐了，魔鬼一般顽强地缠绕着他。

他喊一声："有人吗？"声音发出，却蚊子一般。

又一次，慢慢地，他走入无边的黑暗中。

再醒来，太阳烤在身上，火一样蜇人，是夏天的上午。他感觉到，自己快死了，如果没人来救，自己可能活不过今天了。

伤口已化脓，一跳一跳地痛，最关键是肚子饿得难受。

他不知道自己熬过了几天，但他确定，自己大概熬不过今天了。

他躺在地上，静静地，静静地等待着死神幸福地降临。

突然，一声轻轻的呻吟，炸雷一样在他耳边响起。还有人活着，在呻吟呢。一霎间，他感到自己有了一点力气，勉强支撑着自己翻过身，抬起头。

在他不远处，一个躺着的身子在蠕动着。显然，那人还活着。

他想，自己应当爬过去，赶快救那个人，或许，那人还有希望。他为自己的想法激动着，慢慢地撑起左胳膊和左腿，借着它们的伸缩，向前移动着。

他们相隔不远，大概十来步的距离，可是，却花费了他整整一个多小时的时间，腿脚每伸缩一下，肌肉的拉扯都会诱发一场铺天盖地的疼痛。

汗和血，沿着他移动的地方流淌。

到了，终于到了那个人身边，他慢慢检查起那人，那人的伤势很重，下身几乎从膝盖以下已断，两只胳膊也断了一只，骨头都露了出来。

那人，已陷入昏迷中，灰白的嘴唇也干得裂开，不停地动着，梦幻一般地呓语："水……水……"

他知道，这会儿，要想救活这个人，唯一的方法，是赶紧弄来水，否则，不说别的，渴，也会把那人渴死。

他焦虑地四下望望，确定着他们所在的位置。慢慢地，他的脸上露出了喜色，他想起来了，这儿不远处，有一个水塘。

慢慢地，他又带着铺天盖地的疼痛，还有汗水和血水，向水塘边移去。到了塘边，他俯下头，狠狠地喝了一肚子水，可准备装水时，才想起，根本没什么可装。

想想，他一咬牙，艰难地抬起身，脱下上衣，放进水塘中，吸饱了水，拿着放在肩头，又一寸一寸向回移。手，磨在乱石地上，血肉模糊。

到了那人身边，衣裳里的水分已蒸发得差不多了。无法，他只有把湿衣服放在那人嘴里，滋润着他的嘴唇。

一次一次，那人在水的滋润下，慢慢张开了眼，向他艰难地一笑。

那一刻，他流泪了，一种幸福感袭上心头。他想，他要坚持下来，如果自己死了，那人也活不了。这是一种责任，责无旁贷。

他暗下决心，又一寸寸移动着，用衣服运水，一趟又一趟。

两天后，救援人员赶到，发现小镇只有两个人活着：一个是他，一个是那个人。而且，他的伤比那个人的更重，背后一道长长的口子，几乎要了他的命。

他本来是活不下来的，可他却创造了奇迹，活了下来。

专家们百思不得其解。只有他清楚，当时，他忍受着痛苦，还有饥饿，坚持下来，是因为他的心里只有一个念头：他不能死，旁边，还有一个生命依靠他。

顺着缺口一路爬

侯兴锋

　　他生于美国西弗吉尼亚州的一个中产阶级家庭，父亲是一位电子工程师，母亲是位拉丁语教师，一家人的生活很富足。

　　他把心思和精力全部花在功课上，可成绩却很糟糕。到了中学，他的物理和化学成绩频频出现零分。在家长会上，数学老师向他的母亲抱怨，因为他常常使用一些奇特的解题方法，让老师也理解不了。后来这种情况就更加频繁了，有几次在课堂上，老师演算了整整一黑板的习题，他只用简单的几步就解出来了。但这不仅没有得到老师的表扬，反而认为他好逞能搞怪。由于老师和同学的冷落与排斥，他变得更加孤僻了，成天钻进书堆里，不愿出去和孩子们玩耍。

　　高中毕业后，他没能顺利考上大学。然而，著名的普林斯顿大学得知他的情况后，毅然向他张开了怀抱。就这样，他走进了爱因斯坦等世界级大师云集的数学中心。

　　大二时，他分到了一个和物理专业联合的"数学粒子"问题。这个问题尚在起步阶段，没有人敢接手，但他却接下了，因为他充满信心，坚信自己能成功。

　　从那以后，他就把图书馆当作自己的家，把时间全部花在功课上。在同学们的眼里，他简直是个"神经病"，他精力过人，每天至少要工作15个小时，经常一个人偷偷跑到楼道里去看书。

他冥思苦想，浸泡在数学的王国里，思考了许多古怪的事：他担心被征兵入伍而毁了自己的数学创造力；他梦想成立一个世界政府；他认为世上的每一个字母都隐含着神秘的意义，只有他能够读懂；他有时对着天花板发呆，幻想生活中的许多事情都跟神秘的数学符号有关……生活中的他依然喜欢独来独往，卖呆发愣，以至于别人都认为他真是"疯子"。不久后，他就被送进了精神病医院。

住进医院后，他仍然在想那些数学问题，有时还深夜爬起来在纸上写下一连串数字命题的论题，并不时对着问题痴痴地发笑。

不知情者都以为他的病情很严重，但后来经过医院进一步证实，他是一个正常人。只是由于对数学的兴趣太浓厚了，才让那些所谓的正常人，都认为他活在梦游般疯癫的精神状态中。

出院后，普林斯顿大学并没有嫌弃他，而是再次留下了他。也许在别的地方他会被当成一名疯子，而在普林斯顿这个广纳天才的地方，却执着地认为，他可能是一个天才。

经过 10 年沉醉于数学的生活，他的名字开始出现在数学和经济学等领域的各大学术报刊上，25 年后，也就是 1994 年，他彻底苏醒，迎来了生命中的一件大事：他荣获了诺贝尔经济学奖。

他就是纳什，他创造了纳什均衡和纳什程序。

在诺贝尔颁奖典礼上，他这样说道："这漫长的 25 年，在其他人看来，我活在不真实的思维里，几乎所有的命运之门都对我纷纷关闭，但我却找到了'数学'这个缺口。当我找到它时，非常兴奋和无比快乐，我顺着它一路爬过来，就获得了今天这枚奖章！"

他们是贵族

张珠容

台湾著名男演员、剧作家、导演金士杰早年带领一群热爱戏剧的演员刚创办兰陵剧团时可谓一穷二白。1979 年，在舞台剧几乎处于荒漠的台湾，兰陵剧团出现了。金士杰和团里的所有演员都是白天做苦力，晚上排练创作，零酬劳演出。这个剧团的成立没花什么钱，但也没赚一分钱。于是就有朋友关心金士杰怎么生存："你总有三餐不继的时候，总有付房租的时候，那时你怎么对付？"

金士杰的生存方式很独特。

金士杰有个朋友家境很好。有次金士杰去她家里做客，吃饭时，他吃着吃着就感叹起来："桌上菜这么多，都很好吃。你们平常都这样吃吗？每次吃不完怎么办？"朋友答："还能怎么办呢，该倒就倒掉。"

金士杰顿时两眼放光："那让我来替你们做一下义务的食客怎么样？"朋友拍掌说："很好，欢迎欢迎！"

金士杰却一本正经地说："你先别着急欢迎。我们先把条件说清楚：第一，我不定时来，但我来之前会先打电话问清楚你家有没有剩饭、方不方便，有并且方便的话，我就来；第二，我来只吃剩饭，等你们家人全部吃饱撤了，确定摆的都是剩饭剩菜我才开吃，并且，不可以因为我来就故意加一个菜，那样就算犯规；第三，我吃剩菜剩饭的时候旁边不可以站着人，因为他（她）一旦和我打招呼，我就得很客气地回应，这样客套来客套去我就没办法当专

业食客了；第四，吃完之后我要很干净利落地走，不可以有人跟我说再见，如果非得这样客套的话，我心里就会有负担，那样下次我就不来了。总之一句话：我要完全没有负担地当一名剩菜剩饭的食客。"

朋友听完他的话觉得很逗，当场就答应了所有条件。此后，金士杰果真好几次去朋友家当食客，吃得非常开心。他还幻想着："我只要有三十个这样的朋友，一个月就能过得蛮富足。"

抱着这样的心态过苦日子，金士杰带领剧团一路坚持下来。第一次演出，他们还是没有钱。离他们不远的地方有个大礼堂搁置着没用，他们就把那里打扫出来当舞台；没服装，他们就各自掏腰包买一套功夫裤穿在身上；没灯光，他们就各自从家里搬来一两个打麻将用的麻将灯，再加长电线，往插板上一插，灯就亮了；没东西化妆，他们就素颜上场；没有人宣传，他们就自己拿来纸笔，涂涂画画，一张大海报就贴到了台湾师范大学的门口。

一切准备就绪。演出那天，观众席只坐了二三十人，人不多，但大部分人都是台北文化界的精英。他们看完演出之后对金士杰这样说："台北市等你们这群人等了很久了，你们终于来了。你们要演下去，拜托你们一定要演下去！"

金士杰带领大家照做了。历经一年多的非正式演出，兰陵剧团终于走上正式的舞台。1980年，金士杰编导的《荷珠新配》参加了台湾第一届"实验剧展"，首演一炮而红。一时间，兰陵剧团声名大噪，金士杰也一跃成为台湾现代剧场的领军人物之一。

多年之后金士杰将当年自己当"专业食客"的事情说给一堆人听。说完之后他感慨："我说这些事，除了好玩，除了说明我的脸皮厚以外，还有个很重要的原因。我觉得，我们的这种穷完全不需要自卑，不需要脸红，因为我深深知道我们在做什么——我们把我们的头脑、智慧、创作拿出来献给社会，以至于我们没有闲工夫赚闲钱。我们是在做很重要的事情，所以，从某种意义上来说，我们这个穷不是穷，而是富，不是缺，而是足。"

　　敢让自己那么穷，只为理想。当年金士杰和团队队员的生活很贫穷，但他们却是台北市的精神贵族。

退避也能成就梦想

周礼

　　那年，他从一所普通大学毕业后，异想天开地想进通用电气公司，但很快，他的梦想就被残酷的现实击得支离破碎。

　　主考官只是扫了一眼他的个人简历，就立刻摇着头说："抱歉！你离我们的要求还很远，欢迎您下次再来。"

　　这个年轻人十分失落，他没想到自己这么快就被通用否决了。带着无尽的遗憾与伤感，他离开了通用公司。后来，他不再做不切实际的幻想，而是量体裁衣地进了一家适合他的小公司。他学的是机电制造，在公司里担任技术顾问。尽管薪水不是很高，却能发挥他的重要作用，他感到十分满足。为此，他兢兢业业地做着这份工作，并不断地学习和钻研，终于练就了一身了不起的功夫。无论什么电机，他只要听一听声音，不用打开机箱，就能知道问题的症结在哪里。

　　事有凑巧。有一天，通用公司新开发的一款电机出了故障，所有的技术人员都束手无策，找不到问题出在哪里。因为，他所在的公司与通用公司有业务上的往来，于是公司派他前去处理。他将一台有问题的电机启动后，仔细地听了一会儿，凭着多年的经验，他断定是电机的线圈出了问题。为了稳妥起见，他又测试了好几台有问题的电机，结果发现这些电机出现的是同一问题。于是，他十分肯定地对旁边的技术人员说，电机左边的线圈比右边的线圈多了半圈，只需将多出的线圈剪掉，电机就能恢复正常。在场的技术人员听后无不骇然，不拆机就能诊断出左边的线圈多了半圈，这简直是个神话。然而，让人吃惊的是，当技术人员拆开机箱，果然发现左边的线圈多了半圈，随后他们将多出的线圈剪掉，奇迹出现了，电机恢复了正常。顿时，现场响起了一阵雷鸣般的掌声，大家纷纷走上前，向他表示感谢。

后来，通用电气公司的总裁听说了这件事，知道他是一个不可多得的人才，就想将他收为己用，并开出十倍的薪金聘请他去通用公司担任技术顾问。但令人想不到的是，他竟然坚决地拒绝了，拒绝的理由是，现在所在的公司虽小，但工作了几十年，他与公司已融为了一体，无法分割。再说，公司老板一直待他不薄，他不能背信弃义，做一个让人瞧不起的小人。

为了收罗他，通用公司想尽了办法，但无论多么丰厚的条件，他就是不为所动。最后，通用公司的总裁只好连同他所在的公司一起收购了，这样他就不存在背叛谁了。

多年前，他做梦都想进通用公司，可是被拒之门外。多年后，通用公司为了聘请他，不惜收购了他所在的公司，这便是一个人成功的资本。

人生有时就是这样，当你遇到不可逾越的障碍时，不妨退避三舍，等到有一天你足够强大了，自然就会水到渠成、功成名就。

为自己喝彩

纪广洋

纪广磊和我同村同学同岁，可他从小就是个地地道道的苦孩子——在他不到一岁时，他的母亲溘然病逝；在他不到三岁时，他的奶奶就撒手人寰；在他刚上初中时，他的父亲又患了严重的腰肌劳损，差点儿瘫了……接二连三的不幸像梦魇的影子一样尾随着他。

从我记事时起，他吃的穿的就明显不如我们这些有爹有娘的孩子。可他在我的印象里是一个非常懂事、非常坚强、非常乐观的孩子，常常是自己给自己鼓劲儿、自己给自己找乐趣。我清楚地记着，在我们六岁那年的正月十五挑花灯的傍晚，没等天色完全黑下来，我就欢天喜地地挑着母亲为我早已买好的大花灯笼走上大街。我原以为可以抢个头筹，谁知，磊磊（广磊的乳名）已孤单单但乐呵呵地站在大街的中央。不过，他的手中没挑灯笼，而是捧着一个用水萝卜头挖成的小油灯。小油灯里盛的不是蜡烛，而是磊磊在屠宰场捡拾的一些零零碎碎的肥猪肉……那天晚上，玩得最欢、笑得最甜、回家最晚的不是我，而是磊磊。当时因为都还小，没感觉出什么来，而今想起那一晚，我的心里就酸楚楚的，眼里就热辣辣的。

而更令我难忘和感慨的是，在我和广磊一同考入初中（已不在本村，在乡中心校）之后的一次校庆晚会上——那时，几乎全校的同学们都知道了广磊的家庭处境（我的一篇题为《广磊广磊》的作文同时登在校报和黑板报上），在晚会进行得炽热化时，一位同班的女同学（广磊现在的妻子）毛遂自荐地走上前台，说要献一首歌——为本班的班长广磊同学献一首歌。但她千不该万不该，不该声情并茂地唱那首《世上只有妈妈好》。她唱得太投入了，投入得热泪簌簌……我本想阻止她，但已来不及、也不忍心了。一曲未尽，全校的同学连同在座的老师们几乎都流下心酸的泪水。我赶紧朝广磊那边挤，想去安慰他，为他送个手帕。谁知，当我终于挤到他面前时，透过我满目的泪水，我意外地发现，广磊紧抿着嘴，一滴眼泪也没有，居然还勉强地朝我笑了笑……

接下来，刚刚十几岁的广磊，就像一个久经磨难而矢志不渝的大英豪，昂首阔步地走上前台，从那位女同学手中接过麦克风，大声独白道："感谢同学们！感谢老师！不过，请你们不要为我难过，更不要为我哭泣……"他说着说着就唱起了郑智化的那首《水手》，整个会堂马上变得鸦雀无声，直到他唱到第二段时，音箱里才响起了伴奏的音乐……可想而知，老师和同学们的泪水就更止不住了。他发现这一情况后，在歌曲的停顿部分，大声独白道："亲爱的老师、亲爱的同学们，为我欢呼、为我喝彩吧！"

就这样，长年寒衣素食的广磊以特别优异的成绩读完了整个初中。可他没再接着上高中。残酷的现实生活将他过早地逼上了谋生之路、挣钱之路。我上高一时，他走上济宁市的建筑工地；我上高三时，他已熬成技术工……待那位曾为他献歌的女同学大学毕业就业无门时，广磊已坐上了一家建筑公司的头把交椅。自然而然地，她成了他的秘书，然后又成了他的贤内助。

几天前，在济南我再次见到来省建工学院短期深造的广磊。他现在不仅拥有好几部高级轿车，还拥有好几个脱产或半脱产的本科或专科的毕业证书——他在功成名就之后，仍孜孜不倦地圆着他那一度半途而废的求学梦。

在一次只有我们两个人的饭局上，他忽然对我说："广洋哥，你写写我吧……"他见我一愣，马上解释说，"不是让你写报告文学那样的软广告，不是让你写我的公司，而是让你写写我、写我本人，写我的成长故事和人生

态度，就像你平常所写的那些励志启智的小短文。"他看我仍沉默不语，又接着说，"如今我俩都是搞建筑的，只不过，我是用砖石，你是用文字……哎，你就从最根基写起，写咱们的童年和梦想。"

"不知是酒喝多了，还是我太敏感了……"他话音未落，我已两眼潮湿。他就说："你看，你又掉什么泪？咱们混得又都不错，想要的都有了，甚至，不想要的也有了。"我就说我是高兴的。他说："高兴就对了，无论什么时候、什么情况下，都应学会为自己高兴、为自己喝彩！"

我的上学路

刘代领

上小学时，学校就在我们的村子里，我和同学常常一起上学。每天吃完饭就去邀约同村的几个同学，在路上打打闹闹、蹦蹦跳跳地就到了学校。那时，家长和老师总会嘱咐我们上下学的路上要小心，不要玩疯了不知道上学、回家。可那时年少，总会把老师和家长的话当成耳旁风，有时还会因为玩疯了上学迟到或者晚回家而受到老师和家长的训导。

上中学时，学校是几个村联办的，在我们村东二里地外。那时上学多是一个人去，要通过半个村，家长总会嘱咐我遇到长辈要问候。村外到学校的路两旁是庄稼地，记得上初一的夏天一次上夜课，晚饭后我一个人走在路上，夜很黑，心里还有点胆怯。走着走着，突然"哗"的一声响起来了，我害怕得立马飞跑起来，当意识到是风吹庄稼和树叶后才镇定了下来，也为自己的胆小而感到可笑。还记得上初二的夏天，有次在放学路上我掐了一个麦穗扔掉，被一位大叔教育了一顿，说我吃了还好，扔掉了不是浪费一颗庄稼吗？当时我就羞愧了，觉得对不起辛勤劳动的农民。

上高中时，骑自行车和几个同村的同学到三十里地外的学校读书，还要走一条五六里长的高高的河堤。那时，一个月才回一次家，上学时带上家里做的老咸菜，有时还要给不回家的同学捎带衣物、咸菜等。记得上高二的那年冬天，我用自行车驮着百十斤重的麦子在下坡时摔倒了，自己从坡上滚了好长一段距离。我把这次经历写成了文章，说是对自己的一次锻打。那时，

每次从学校回家，总有种归心似箭的感觉，特别思亲念家。

高考落榜后，我去了县城复读，每次上学路上心情都是沉重的，十多里的路觉得孤寂而漫长，脑子里想的都是如何努力学习考上大学。每一次回家后去上学都是一次向考上大学的进发。那次高考，我的分数超过录取分数线13分，可由于报志愿的疏忽我遭遇了退档，无缘上大学。

我还是想上大学，可家里的经济状况不好，为复读我去了外地打工挣学费。我又去复读了，再次高考的分数只能够上个中专，我选择了西安的一个学校。当时还没有去过外省，是二姐夫送的我，坐的是卧铺客车。学费还是东凑西借的，二姐夫还把家里的牛卖了给我做学费。在这读书期间，我利用周末卖报纸，既锻炼了自己还挣了零花钱。记得一次春节坐火车返校下车时忘了拿一个包，包里有衣物和借的校图书馆的书等，没想到后来被拿到的人专门开车给送到了学校，那位善良的大叔至今让我念念不忘。

中专毕业后回家乡也不好找工作，我便开始了在西安打工，也开始真正进入了社会这所大学。为提高学历和以后有更好的发展，我一边打工一边参加自学考试。当时在西北大学附近的城中村租房住，为的就是感受那附近的大学气氛。有时我还混进去旁听一些老师的课程或在自习室读书。经过努力我先后取得了专科和本科的文凭，还发表了近百篇文章。再后来，我进入了一家杂志社做编辑。现在，在一家报社供职。我爱好写作，工作之余，常到书店、报刊亭买书、看书提高自己。行走在社会这所大学的路上，我有梦想、有追求，觉得生活充实而又有滋有味。

上学的路，就是生活的路、人生的路。

我的生命，我的舞

凉月满天

　　西班牙舞蹈家阿依达带着西班牙弗拉门戈舞《莎乐美》来中国演出，用身体的律动表达一种超越了欢乐和痛苦的、直逼生命深处的悲情，她的舞姿给人感觉是她把生命化成一团燃烧的火。看她的舞蹈，谁也想象不到她是一个病人。当年十岁的小阿依达，正劲头十足地活跃在舞台上，剧烈的背痛让她无法活动，经过诊断，她患了脊柱侧弯，而且很严重，已经弯成了S形。S形的脊柱怎么能支撑身体呢？十几个医生都给她下了禁令，要她彻底离开舞台，否则她的脊柱会越来越弯，她会越来越疼，总有一天，她会死。小姑娘不明白死意味着什么，对舞蹈的热爱让她满不在乎地回答："哦，不，我就是要跳舞，哪怕死在舞台上。"

　　从那以后，她就一直戴着折磨人的金属矫正器，跳啊跳，一路舞遍全世界。过海关的时候，她把自己的矫正器从身上摘下来，搁在包里，但是过安检门时，电子警报器照样会响，搞得气氛大为紧张，于是她就把包拉开，让人看这么多年一直支撑她的钢铁骨架。水均益问她："跳舞的时候怎么办呢？""啊，"她笑着说，"跳舞的时候摘下来，跳完再戴上。"

　　水均益问："你想过自己还能舞多久吗？离开了跳舞，你怎么办呢？"阿依达露出明快的笑容："我将一直跳到实在跳不动为止。然后，我就退下来当舞蹈教师，仍旧可以活在舞蹈中间。"她不肯和命运讲和，她就是要跳，无论前面是鸿沟、海水还是天堑、荆棘，她都要一路舞着过去，哪怕一路走

一路鲜血淋漓。

基于这种热爱，她准备在中国开办弗拉门戈舞培训班。我不敢说她一定能够成功，毕竟中国有不太一样的国情，中国人现在正在忙着挣钱和夯实经济基础，能够关注生命和艺术的人毕竟不多。但是她的一句话深深打动了我，她说："我是用弗拉门戈舞修筑一条通向灵魂的道路。"

这是一个舞蹈家最深刻的宣言，她所做的一切摒弃浮华，直指灵魂。一个长久沉浸在美和艺术中的人，对生命的事情格外敏感，才会有这样的目标指向，而这种指向，使她成为在舞蹈和生命道路上一个坚韧的朝圣者。

这样的人，没有时间为自己的所谓"成功"自满，也不会通过处心积虑的绯闻自抬身价。走在大街上，没有人注意她——她的身上散发的是深沉而内敛的光华。

第五辑
再卑微的梦想也会开花

　　林清玄曾说过这样一段话："你生活的环境并不能决定你的未来，你的人生经历也不能决定你的未来，只有你内心的向往才能决定你的未来。"当作家和去埃及，就是林清玄儿时内心的向往。当初，他正是撇开了父亲的保证，选择自己保证自己，才在最短的时间内实现了两个梦想。

我们都得好好努力

胡识

有一回，我在一场比赛中拔得头筹，我满心欢喜地告诉妈妈，我说："妈妈，我马上就有工作了。"妈妈听后特别高兴，给我做了我喜欢吃的烧鱼。那个晚上，我简直活蹦乱跳得快把我的床给折腾坏了，我非常期盼那份工作的到来。

可还没等我从日光中醒来，大概早上 7 点 45 分，公司打来电话说我被高层领导刷掉了。我只轻轻地"哦"了一声，像啜饮了一口苦茶。7 点 48 分我脱下西服，换掉皮鞋，穿着邋遢，跑到窗户边，将纸糊的窗户推开，我看见日光正一步一步被天上的黑云蚕食了。那年夏天，我没被好的大学录取，转而报考了那家公司。我心想，读不了大学，但可以有自己喜欢的工作，这辈子也没什么不划算的了。但有时候，命运就是这样，它会把你当作雪球一样在地上滚来捣去，你以为自己长胖了，变得更硕大、健壮了，但事实并非如此，接下来，你就有可能被另一群玩雪球的人损毁，一点一点消失。有一天，我听朋友说，那家公司之所以会不要我，是因为有另一个人顶替了我的岗位，而那个人的表舅的朋友就是那家公司的大 boss。

有人说，生活在这个世上只需要认识三个人就可以扩大自己的圈子。但我不相信，因为我连一个当大 boss 的亲戚或是朋友都没有。我只能孤立无援地愣在窗户边，看日光又慢慢地变得毒辣。我终于抱头大哭起来，像失魂乱窜的蚂蚁，因为我当时只有十九岁，爸妈的感情不是很好，他们也只是普通得不能再普通的农民。我找不到工作，上不了大学，那就意味着我是个没有用的孩子。但不知道什么时候，我还是咬牙说服了自己，男子汉不能喊疼。这大概是因为后来有一天，城里的表叔找到我，他建议我学医，他可以帮我。在农村，当医生，穿白大褂的孩子是特别让人羡慕而又自豪的。于是，村里人纷纷向我爸妈表示祝贺。村里有个八十多岁的老奶奶，她在我去学校的第一天，死活塞给我五十块钱。她说，你是个好娃，将来一定会有出息，得了她的奖励今后就会好运连连。妈妈握着她的手，对我使眼神叫我收下。我将它放在兜里，一路上，它被我紧紧地攥在手里，我生怕自己会松懈，垂头丧气。老实说，我不喜欢学医，但我又没得选择。

我不知道人这一辈子能有多少次选择的机会，但我敢笃信，每经历一次选择，必定会有一个人懊悔难过，也必定会有一个人心花怒放。那对于像我这种没有选择权利的人来说，想必就介于这二者之间。所以，有很长一段时间，我都是在做那个举棋不定、飘来荡去的人。有人高兴时，对我讲了一个励志故事，我立马就会发誓要坚持下去，既然我选择了要成为医生，我连死都应该不怕，去勇敢成为一名医生。但也有人会眼睑下垂地对我讲，当医生简直太苦、太虐心了。我便目光呆滞地看着他，几乎连半个字都说不出来。我不知道我是怎么度过大学那几年的，反正那段时间，我看了很多很多本心灵鸡汤，听了很多很多个励志讲座，我满脑子都是道理。当然，我很感谢这些东西。

人这一生确实并不缺乏道理，缺乏的是对道理的坚信。所以，今天我很想和像我一样还在路上挣扎的你再分享一个道理，如果命运一次两次三次都给不了你好的待遇，那你也要好好努力，因为只有好好努力，第四次第五次第六次命运还会发生。总有一次命运会被你掌握，只要你肯把自己打扮得漂漂亮亮，就像嫁人一样。然后，你也不要整天浪费时间去吐槽你周边的人群，因为有一群人对你不好的同时，也一定会有另一群人对你好。你要做的就是

努力改变自己，朝好的那端走。你也不要对我说的道理感到不屑，反正总有一天你也会用我对你说过的话去教另一个人怎么努力坚持下来。

　　你努力，我加油。不是一点点，而是很努力，很加油。因为我们呱呱坠地的那一刻，就比有些人矮。

我们都有一千种方法喜悦地生活

凉月满天

我被一个女人绑了票。

她创办了一个非营利组织，以此来与绝症患者和他们的家人以及其他陷入困境和绝境因而心情沮丧的人做互动。说白了，就是一种心情关怀。

我刚开始是为她做义工。然后在她一次演讲完后，我跟她讲我现在的工作有多重复无聊，要命的是，我得干到六十五岁才能退休。

第二天一早，她要求我送她去机场。到了机场后，她又要求我送她到登机口。到了柜台边，她出示了自己的飞机票，然后，拿出信用卡，说要再买一张票。

卖票人问："请问您给谁买呢？"

她一指我："他。"

我吓一跳："老天，我不能跟你走。我还得回单位上班。"

"那工作没你也会做好。"

"我的车还留在停车场。"我继续挣扎。

"让朋友替你把车开走。"

"我没衣服穿。"

"到处都有商店。"

我的心怦怦跳，我的嘴巴一个劲地向她申诉我不能跟她走，我的心却拼命鼓动叫嚣："答应她答应她，跟她走跟她走。"

163

最终，我跟她走了。

然后，我成了她的新公关。每天在她的身边，亲眼看着人们的生命怎样在我的眼前像万花筒一样改变。她一个小时又一个小时、一个星期又一个星期、一个月又一个月地，像一位大师、像一位圣人，疗愈人类心灵的伤痛。她说："有上千种方法可以去释放别人心中的喜悦，甚至在某人临终的床边也能做到。"

一天，一个女人在接待室失控了，她大哭，号泣，崩溃，颜面扫地。博士示意我去处理。我引导那个可怜的女人离开那个人来人往的大房间，给她布置了一个安全的小角落，然后坐在她的对面，安静地听她哭一会儿，说一会儿，叫一会儿，说一会儿，如此循环，直到像有只手把她像一只装满酒的瓶子一样头朝下，从她的嘴巴里倒出她的所有愤怒和悲伤、哀痛和彷徨。

而这也让我如此喜悦，我是如此有用，那一千种方法通向的结果是将喜悦的生活最终回馈给我。

——这是我从一本奇妙的书里读来的一个奇妙的故事。我只是替一个人转述他的故事。所以不是我被绑架了，是"我"被绑架了。结果这样却使我知道了"我"是如何喜悦地生活。你看，这多么奇妙。"我"是他，他就是我。所以，"我"是你，你也就是"我"。

我、你、他，我们、你们、他们，全都是一体的，你的生是我的生，你的死是我的死，你的悲哀也是我的悲哀，你的喜悦就是我的喜悦，你有一千种方法释放别人心中的喜悦，也就是我有一千种方法来释放自己心中的喜悦，无论何时何地，我们都有一千种方法喜悦地生活。

向日葵的奇迹

周莹

他大学毕业后，就和相恋三年的女友分手了。然后，他回到了出生的县城。

县城生活着他寡居多年的母亲。母亲在街上开了一家小店，主要经营瓜子做成的食品，比如瓜子粥、瓜子饼、瓜子饮料和瓜子酱等。母亲在城郊有几亩地，种的全部是向日葵，也就是太阳神花。

自从父亲去世后，母亲就在城里开了这家瓜子店，依靠这份收入让他顺利完成学业。为此，他很感激母亲。这些年，母亲积劳成疾，风湿、头晕的毛病，总是隔三差五地发作。

他的抉择，让母亲颇感意外。母亲以为他会留在省城工作，因为他的女友是地地道道的省城人。他却嬉皮笑脸地说："我是回来跟您学习经营瓜子店的。"母亲无语。

接着，他说出了心底的计划：放弃工作的机会回来，就是想自己创业。其实，他是想在葵花地上做文章，拓展他的事业。

母亲无奈地叹息："唉！你大了，由你折腾吧。"

于是，他说服城郊的菜农，把他们的地租了过来，一共三十亩。第一年，三十亩足够。他这样计划着。

清明节前夕，他就把三十亩葵花地都播种了。田间管理的工作，全部承包给那些菜农。然后，他让母亲歇业在家，瓜子店由他打理。

那一段时间，他每天守在瓜子店，做市场研究，考察那些项目适合的那

些人群，晚上再详细地记录下来。

很快，夏季来临。他那三十亩的葵花都开花了。远远地看去，一片金黄的花海。走近一瞧，株株葵花，身材高大，粗壮的叶片大而浓绿，茎干犹如他的手臂一般粗，圆圆的花盘驮着一朵朵的细小花蕊，紧紧地挨在一起。朵朵葵花在阳光的照耀下，闪着漂亮的碎光。他陶醉了，陶醉在千株万株的葵花林中。他手里抚摸着一株鲜艳的葵花暗想："葵花全身都是宝，我要很好地利用起来。"

这时，他母亲生病了，失眠、头晕目眩、浑身酸痛。为了照顾母亲，他把瓜子店委托给朋友看管。

那天，一大早，他就去了葵花地。回来的时候，提了几个方便袋。一进家门，就到厨房里忙碌。首先，他把新鲜的葵花子用蜂蜜搅拌均匀后，让母亲吃半碗。蜂蜜拌葵花子是治疗胃溃疡的。然后，他用新鲜的葵花瓣煮粥。葵花粥中，他添加了一些百合、枸杞、大枣和花生。煮粥的粳米，用的是上等的糯米。母亲刚吃完蜂蜜拌葵花，再吃一碗热气腾腾的葵花粥，胃里顿时暖和轻松多了。

吃完后，母亲用舌头舔了舔嘴唇，惊讶地问："这是什么？怎么这么香？真是人间美食啊。"他轻言细语地告诉母亲说："这是葵花粥，我发明的。它可以治疗失眠症，对头晕眼花也有疗效。"

他坚持让母亲每天早晨喝一碗葵花粥，每天吃一次蜂蜜葵花仁。渐渐地，母亲的气色好多了，终于可以睡个安稳觉了。遗憾的是，母亲多年的风湿病，依然纠缠不已。

那天，他从葵花地回来之后，熬了一大缸草药水，让母亲泡澡。母亲躺在木盆里的药水中，感觉浑身极度的放松和舒服。整整泡了个把小时，母亲还舍不得起来。母亲泡完澡，前后判若两人。精神和气色，完全看不出来是个身体虚弱的人。母亲问他："泡澡用了什么中草药？"他缓缓地翻出自己的笔记本，让母亲看记录：木瓜、独活、桑枝、苍耳，兑上大量的葵花叶，熬水泡澡，再配点鸡血藤和桃仁，以及生姜，既能活血化瘀，还可以治疗关节风湿疼痛。

他看着母亲粗糙的脸庞，心生酸楚。母亲虽然年龄不大，却已经被时光的画笔，在眼睑下雕刻出了一副蝴蝶斑的图画。他发誓要把母亲脸上的蝴蝶斑赶走。

第二天，他就用葵花花蕊，兑上艾草、一枝黄花、紫花地丁，以及七叶一枝花等草药，熬成浓汁，让母亲蒸脸。用这些草药熏蒸，不仅可以美容，还能够治病。这些草药具有散寒止痛、清热解毒之功效。

闲暇之余，他还用葵花子和西红柿以及黄瓜榨汁，让母亲一日三餐，饭前饮用。没过多久，母亲的风湿头痛得到了有效治疗。母亲面色红润，皮肤变得细腻多了，昔日那些皱纹，也不见了。

他告诉母亲说："葵花子还可以炖汤、炒菜，女人吃了，能够调经养颜，活血安神，促进新陈代谢。男人吃了，可以强筋健体，舒缓减压，抗疲劳，放松情绪，还有舒筋活骨、延年益寿之效。"忽然之间，母亲问他："葵花子可以治疗你姥爷的高血压吗？"他肯定地对母亲说可以的。

第二天，姥爷就来到了他家。他为姥爷做食疗。他把葵花花盘去皮，切碎，兑上玉米须熬水，去渣，然后用花盘汁水煮鸭蛋，让姥爷连汤带蛋一起吃下。据他说，这样的配方，不仅可以降血压，还能够补肝肾。姥爷吃了几周后，就说自己不发晕了，头也不痛了。这是他为姥爷配治的第一个疗方。第二个疗方是每天用葵花花瓣兑野菊花，泡茶喝。坚持一些时日，姥爷的病得到了彻底的根治。

恰逢此时，邻居家小孩百日咳久治不愈，来找他讨秘方。他就送给邻居一些向日葵茎髓，让她兑白糖熬水给孩子喝。

时隔不久，孩子居然好了。

有人把他和向日葵的故事告诉了电视台记者。记者采访了他，并参观了

他的葵花地。于是，他成了小城最有名的孝子。

他的前女友，在得知他的故事后，毅然辞职，来到小城做了他的贤内助。他们注册了属于自己的品牌：向日葵文化传媒有限公司。

向日葵，引领着他和他的家人走上了健康之路、富裕之路！

他叫邓昆仑，是我表哥。他和他的向日葵，创造了一个进入小城县志的奇迹。

小时候就想的事

李良旭

父亲八十岁的时候，开始每天练习写两个小时的毛笔字。父亲每次写毛笔字的时候，任何人都不能轻易去打扰他。

我笑道："您这么大岁数了，写毛笔字有什么用？"

父亲认真地回答道："写毛笔字是我小时候就想的事，那时因为家里穷，饭都吃不饱，哪还有钱上学。那时，能到私塾里上学的孩子，都是有钱人家的，穷人家的孩子根本上不起学。当我牵着牛，从私塾窗前经过时，看到里面的小朋友一个个端坐在那里写毛笔字，我羡慕不已。我想，如果将来我有条件了，一定要学写一手漂亮的毛笔字，实现我小时候不能实现的梦想。这一等啊，就等了许多年，虽然一直没有定下心来写毛笔字，但这小时候就想的事，从来没有泯灭过。现在，我终于有时间、有条件了，我就要完成我小时候的梦想了。"

父亲一番激动人心的诉说，我听了，心中不禁充满感动，但转念一想，父亲毕竟这么大岁数了，还能将毛笔字写好吗？话虽然没有说出口，但心里充满了疑惑。

没想到，父亲这一练，就是坚持了整整10年。如今，父亲已是九十高龄的老人了，每天依然雷打不动地写两小时的毛笔字。当初我对父亲在这么大的岁数开始练习写毛笔字，很不以为然。没想到，父亲写毛笔字，不仅进步很快，而且还多次参加老年书法大赛，并获得了许多奖状，有些书法作品还

刊登在报刊上。父亲所取得的这一系列成绩，令人刮目相看。我问父亲："是什么力量使您坚持了这么多年？"

父亲坚定地说道："这是我小时候就想的事，现在就要抓紧去实现它，这也是了却我心中的一点遗憾。"

我忽然想起，10年前，我也曾问过父亲这个问题，父亲也是这样回答的，当时我还不以为然，没想到，父亲真的实现了小时候就想的梦想，这真的是个了不起的成绩。

我忽然想到，我小时候也有就想的事。小时候，我一直想学拉小提琴，可那时没有条件，也就没有学成，看到班上会拉小提琴的同学参加学校小红花文艺宣传队，我可羡慕啦。10年前，如果我也像父亲一样学拉小提琴，现在也许会拉一手漂亮的小提琴了。我为自己从没有付诸行动而懊悔。

我想，从现在起，我也开始学拉小提琴。虽然我已60多岁了，但是，只要像父亲那样坚持下去，就一定会有一个美好的结果。

就这样，我报名上了小提琴培训班，成为培训班里年龄最大的学员。但我一点也不自卑，和那些小朋友在一起，我仿佛也回到了小时候，那真是一个天真烂漫的年龄。

不知不觉，几年坚持下来了，我已经能流利地拉小提琴了。我还参加了社区老年文艺宣传队，经常参加宣传队表演演出，我的小提琴独奏，成为宣传队保留节目。

每当有我演出的节目，已是九十多岁的老父亲就会赶来观看我的表演。父亲对我表演的小提琴独奏赞不绝口，他说："没想到，我儿子这么大岁数了，也会拉这么流利的小提琴，很潇洒、很了不起。"

我说："学拉小提琴，是我小时候就想的事，我是在您的影响下，实现了小时候的梦想。"

父亲在我头上摸了一把，说道："没想到我儿子也有这份坚持和毅力了，真让我刮目相看。孩子，虽然我们都已老了，但我们的心依然年轻，让我们一起去实现那一个个小时候就想的事，这是多么浪漫的事啊！"

我喉咙一阵哽咽，情不自禁地紧紧搂住父亲的双肩，将头伏在父亲的肩膀上，我怕父亲看到我眼睛里奔涌而出的泪水……

只下一次雨就够了

凉月满天

他是一个公务员。听起来好听，其实就是个写材料的。每天，起五更，睡半夜，领导需要什么材料，就要赶紧写。写不出来挨批，写得不好挨骂。点灯熬油不用说，白头发都长出来好多，他不过二十多岁呢。

刚开始那份想大干一番事业的豪情，都快磨没了。

他回到家，跟自己的老父亲说："难道我这辈子，就要在这堆材料里过下去吗？"

他老爹六十多岁了，老农一个，大道理是不会讲的，所以什么也没有说，只跟他说："洗洗睡吧。明儿在家好好歇一天，后天回去好好干活。"

他半夜在床上辗转反侧，最后下定决心，干脆辞职得了。

可能是决心定了，心就踏实了，这一觉睡到大天亮，起床到外面一看，就惊呆了。

农村的房屋，都是房前建猪圈，自家的圈里养着一头大肥猪，每隔一个月起一次粪。通常起粪的工作都是他回来干的——他不肯让爹太过劳碌了。结果这一次，父亲不声不响地快把整圈粪起完了，旁边堆得高高的。父亲在猪圈里穿着大雨靴，挥舞着粪叉，还在一叉一叉地往上送。

他赶紧跑过去想接手，一边埋怨："爹你怎么不叫我，自己干上了。"

他父亲一边起着粪一边说："这点活儿叫你干什么。"

说着话，三叉两叉的工夫，粪就起好了。父亲上来，洗手，洗脚，母亲端上干粮稀粥，一家人在院里团团坐着吃饭。

然后，他跟父亲说想辞职，父亲听后，没说什么，只是指着那堆粪，说："你看着它，想到什么？"

他有点纳闷。

父亲说："你看，这堆粪，是一个年轻小伙子干起来都吃力的活，我一个六十多岁的老头子，居然能把它起得又快又好，这是为什么？我从年轻时干活就不惜力，耕、种、锄、耙、犁、耧、点、播，样样努力，样样上手，结果养就了这么一副好身板。别人家的老头子像我这么大岁数都'退休'啦，整天弯着腰咳嗽，偎着药罐子过活，我一年连感冒也不得一次。这劲儿都是练出来的。现在你觉得累，觉得苦，可是，越练越顺手，活越干越有劲，总有你觉得不累不苦的一天。而且你长期用功，哪能没有回报呢？"

他听了父亲一番话，明白了。

他想起从电视上看来的一个节目，讲的是沙漠里的一种茅尖草，这种草，地面上的茎叶只有一寸，地底下的根系却深达二十八米，平时枯干成一团，软趴趴地趴在地面，一旦雨季来临，它就凭着深长的根系迅速生长，然后迅速变成沙漠里长得最高的一种草，迎着太阳和天空舞蹈。

他想，自己知道该怎么做了。

再后来，就是我们在台下当评委，本地要通过考试与演讲，选拔一批青年干部。他在台上演讲，讲自己的过去：第一次参加省公务员的考试，失败了；第二次参加省公务员的考试，失败了；第三次，失败了；第四次，失败了……他的脑袋垂着，一脸丧气、活灵活现地形容当时失利后的神色，听众哄堂大笑，然后转而沉默。直到现在，他仍旧是一个跋涉者。然后，他说：

"大家知道爱迪生发明灯泡失败了多少次吗？"

接着自问自答："老实说，我也不知道。但是，我知道，不管他失败一千次一万次，只要成功一次，就够了。"

台下掌声如雷。

是的，只要成功一次就够了。

就像沙漠里的茅尖草，只要下一次雨就够了。

你只管努力去做，不要怕漫长的辛苦和寂寞，生命中总会有一次机会，让你绽放积攒了无数光阴的微笑，那是生活给你的最美回报。

兄弟

星袁蒙沂

二孩是我从小玩到大的兄弟。

从事生态园设计和建设的他，一米八几的个头，斗大的字认不了几个。不识字，却照样日薪过三百元。

小时候，村里年龄相仿的小孩只有我跟二孩玩。二孩上面有一个哥五个姐，他们被村里人恶称为"东场那一窝子"。东场，本来是村里一个破打麦场。一个破打麦场，三间破瓦房，后来不知怎么的就成了他们家。村里的大人教育小孩，第一句话就是别跟"东场那一窝子"搅和。言外之意，谁跟他们搅和在一起，谁就会学坏。

二孩的父亲有杆猎枪，我们称"洋炮"。二孩的父亲排行老三，我管他叫三大爷。三大爷一有空就扛着洋炮上山打野兔。野兔、鸽子、老鹰，他家都不缺。打猎之余，偶尔还能捉回两只蝈蝈。我喜欢动物，常朝他家跑。二孩家孩子多收入少，无论春夏秋冬，他就穿一身衣服一双鞋：薄棉袄、单裤、破布鞋。印象中，他的薄棉袄没有扣子，整天套在身上，外面抹得厚厚的油光发亮，的确给人脏兮兮的感觉。裤子上补丁落补丁，布鞋前面经常露着一两个脚指头。夏天炎热，他光着膀子；春秋天暖，他敞着怀；冬天寒冷，他拢着袖子。

那时候，农村穷人多，但穷人也不太喜欢穷人。所以，村里人都避着他们。我跟二孩从小就投脾气，也亏母亲不像其他人那样嫌贫爱富。别人说别人的，

我们玩我们的。父母在村里的人缘好，我跟二孩玩，也没几个敢直接诋毁我的。

三大爷人直脾气倔，六十多岁就因病去世。二孩小学一年级没念完就辍学了，去了天津打工。之后若干年，我上学，他打工，我们很少有机会聚在一起。有时候，因为离家太远逢年过节他都不回来。

最近几年，我们相继结婚生子，生活逐步稳定。不上班回老家时，如果他在家，我们就到一块闲聊。母亲至今还说，如果我不在家，一定在二孩家。同样，二孩的妻子想找他回家时，到我家找准没错。

两个大男人，从小玩到大，那感情不是一般的铁。二孩和我一起，是我们村的最佳搭档。和我们年龄相仿的伙伴，小时候没有敢欺负我们俩的。二孩比我小几个月，却从小就比我高出一头，力气也远比我大。我们在一起，打架时，我指挥他动手；做事时，我谋划他执行。

二孩斗大的字不识几个，工资却是日结，日薪三百多元，包吃包住，一个月少说也能拿个七八千。这么高的工资，我问他累吗，他说不累；我问他难吗，他说不难。在他们那一组人中，他是师傅了，指挥指挥就行。他说，只有别人干不了的时候，他才出手。

但一开始，的确挺难的。他跟我讲过一个亲身经历。一开始打工时，有一次他骑自行车去天津郊区，去测量一个装饰项目的一些数据。大体方向和距离弄清楚了，他一边问路一边寻找。郊区地广人稀，越走越荒凉，总有见不到人问不到路的时候。去陌生的地方找个小区找栋楼，莫说不识字，就算识字，也未必好找。

我问："那你最后怎么找到的？"他说他手里有地址。虽然不识字，但是他知道拿出地址来一一对照。他说，找到一个小区的牌子，他就拿出地址对比，一处处找，几个字一模一样的，就是了。

现在，日薪低于两百元的活，二孩基本上已经不接了。说到在石头上山体上刻字，二孩说如果让他们其他人刻，基本上七十乘八十厘米的字一般一个字三百多元。如果让他动手刻，就要贵出许多。二孩坦言，不识字，但他却能把所刻字的劲道拿捏得恰到好处。行书、草书、楷书等，不同字体的刻法，也大不相同。听他说那些刻字要领，凸字凹字的差别，俨然已是行家。

以二孩小时候的境况，村里人都认为他长大了一定找不到媳妇。可现在，他不仅已经结婚生子，单论工资他还是我们村最高的一个。日薪三百多元，这个数字是很多城市的大学毕业生甚至研究生都不敢想的。

村里看不起"东场那一窝子"的很多人，把子女从很小就圈在自认为高明高贵高级的一个个狭隘的小圈子里，用一道道变了味的意识之墙，用一次次添油加醋的无情灌输，隔绝了人世间那份最为可贵的真情、信任和沟通。

总是"护犊子"的那几家人的孩子，长大后大部分子承父业，土里刨食。有几个还特别遗传了那种门缝里看人的坏毛病，混混沌沌的，动不动就把一直疼爱自己、已经年迈的父母推搡出门，呼来喝去的，不当回事。

一巴掌打到埃及去

张珠容

　　他出生在一个贫苦的家庭，在十八个兄弟姐妹中排行第十二。从8岁开始，他就立志要当一个成功的作家。有一次，父亲问他："十二，你长大后要干什么？"他回答说："我长大后要当作家，写文章给别人看。"父亲问："那作家具体做些什么呢？"他说："作家就是坐下来，写一些字寄出去，然后等着人家寄钱过来。"

　　父亲听完非常生气，当场甩给他一巴掌，说："傻孩子，这个世界哪有那么好的事情？即使有，也不会轮到你！"

　　事实上，父亲生气是有道理的，因为他们居住的那个地方几百年来从没有出过什么作家。幸好，母亲了解他、支持他。他也相信，只要自己努力，长大后一定会成为一个作家。

　　再长大些的时候，他又有了一个梦想。那是冬季的一天，他考试得了第一名，老师奖励给他一本世界地图。这一天，刚好轮到他给家里人烧热水洗澡。他蹲在大锅炉前面，一边烧水一边看地图。他最先打开的是埃及地图，上面关于尼罗河、亚斯文水坝、金字塔、人面狮身的介绍让他心驰神往。

　　正在他沉醉其中的时候，父亲裹着毛巾从浴室出来了。"你在干什么？"父亲气冲冲地问。"我在看埃及的地图。"他回答。这一次，父亲又毫不客气地甩了他一巴掌，说："火都熄了，还看什么地图！"他说完，又一脚将儿子踢到火炉旁，"继续生火！"

178

　　父亲走到浴室门口，转身过来却见他又在翻看地图，于是狠狠地对他说："我们家现在连买一张到隔壁村庄的车票的钱都没有，我用我的生命向你保证，你这一辈子绝对不可能去那么远的地方！"他听完，一边烧火，一边委屈地流眼泪。他在心里默默地对自己说：我的人生不可以被保证，即使是我的父亲也不行。长大以后，我一定要去埃及！

　　二十几岁的时候，他离开家乡出去闯荡。他在屠宰场杀过猪、在码头做过搬运工人、摆过地摊，还在餐厅推过餐车洗过碗盘。为了养活自己，以及养活自己写作和旅游的梦想，他什么事情都做，什么苦都吃。

　　通过几年的奋斗，他在30岁之前就同时实现了儿时的两个梦想——成了一个作家，还踏上了去埃及的旅途。他在埃及整整旅行了三个多月时间。来到金字塔面前时，他提笔给父亲写去了一封信："亲爱的爸爸，记得小时候你曾经打过我一巴掌，踢过我一脚，还保证说我这辈子绝对不可能去像埃及那么远的地方。现在，我就坐在埃及的金字塔下面给你写信，看着夕阳，以及夕阳前面的骆驼……"

　　后来，他回家听母亲描述了父亲接到那封信时的情形——他一边看一边颤颤抖抖地说："这是哪一巴掌打的，竟然被我一巴掌打到埃及去了？"

　　他就是台湾作家林清玄。林清玄曾说过这样一段话："你生活的环境并不能决定你的未来，你的人生经历也不能决定你的未来，只有你内心的向往才能决定你的未来。"当作家和去埃及，就是林清玄儿时内心的向往。当初，他正是撇开了父亲的保证，选择自己保证自己，才在最短的时间内实现了两个梦想。

一半是水，一半是火

周礼

　　他很不幸，出生刚刚十个月，父亲就去世了。更不幸的是，在他一岁多的时候，又意外地患上了小儿麻痹症，致使双腿残疾，从此他不得不与轮椅相伴终生。

　　不能走路的日子是痛苦的，每每看到别的小孩在院里活蹦乱跳时，他只能躲在窗户后面独自落泪。那时他最大的心愿就是拥有一双矫健的腿，狂奔在乡间的小路上，可就这样一个简简单单的愿望，他也永远无法实现。想到未来，他的眼里一片黯淡，渐渐地，他变得自卑起来，不爱与同伴玩耍，也不爱与别人说话，他将自己整天关在屋子里，有时母亲说他几句，他还发脾气，扔东西。

　　就这样，他一天天地沉沦着，看见他的人都禁不住摇头，认为他无药可救。有一次，他的母亲终于忍无可忍，愤怒地对他说："莫克，你真是一个无用的东西，即便是一根火柴，也可以发出光和热，可是你，一个活生生的人，有着正常的大脑和双手，却整天无所事事，寻死觅活，我真后悔当初把你生下来。"

　　虽然母亲的责备令莫克十分伤心，但他也在一瞬间明白了一个道理，自暴自弃解决不了任何问题，唯有勇敢地面对，才能真正改变自己的人生。从那以后，莫克尝试着转变自己对生活的态度，他开始关心起身边的事物，开始将目光朝向好的方面，开始尝试着帮母亲干些力所能及的活儿……一段时间下来，他惊奇地发现，许多事情并没有想象的那么复杂、那么困难、那么可怕，一切都是自己的心里在作祟。慢慢地，他接受了自己不完美的肢体，心境变得豁达开朗起来。当别人嘲笑他是瘸子时，他安慰自己，我本来就是残疾人，别人乐意怎么叫就让他怎么叫吧；当别人骂他是穷小子时，他安慰自己，虽然我现在很穷，但并不代表我永远都穷；当受到不公平的待遇时，他安慰自己，没事的，也许是我做得还不够好。

多年后，莫克不仅考入了自己梦寐以求的大学，还成为了一位杰出的医学博士。原来，生活的一半是水，一半是火。面对半瓶美酒，有人说，真可惜，这么好的酒只剩下半瓶了；而有人说，真不错，这么好的酒还有半瓶呢！面对一片落叶，有人说，真遗憾，这是生命的结束；而有人说，真美丽，这是生命的开始。面对一滴清水，有人绝望地说："我看到了沙漠。"而有人欣喜地说："我看到了大海。"

正如俄国作家契科夫所说："要是火柴在你的口袋里燃烧起来了，那你应当高兴，而且感谢上苍，幸亏你的衣袋不是火药库；要是你的手指扎进了一根刺，那你应当高兴，幸亏这根刺不是扎在眼睛里。"通常情况下，人们往往被悲观的阴影遮蔽了双眼，看问题时总是喜欢朝着不利的一面，在他们的眼里，天空是暗淡的，花儿是枯萎的，生活是痛苦的。以这样的心态生活和工作，结果总是处处碰壁，糟糕透顶。而事实上，任何事物皆是有利有弊，有得有失，所谓"塞翁失马，焉知非福"，凡事我们应该看到积极有利的一面。过去的事情，无论是好还是坏，那都已不重要，关键是把握好现在和未来。

有梦想谁都了不起

王凤英

2011 年春节联欢晚会的节目现场，当主持人董卿宣布西单女孩任月丽上场时，全场报以热烈的掌声。被请出的西单女孩任月丽，依然是一件素净的白衬衫，只是在她的领口下有一条紫红色的围巾，渲染出节日的气氛。主持人董卿向全国的观众介绍着任月丽时，提起了她的身世，提起了她的过去，提起了她的梦想。然而，任月丽做梦也没有想到，作为一名草根，她有一天会取得成功，会站在春晚这个辉煌华丽的舞台上，接受亿万人的欢呼和掌声。

西单女孩任月丽，是一位在西单地下通道唱歌的女孩。一位网友拍摄其翻唱的《天使的翅膀》DV 被传到网上，视频打动了无数的人，西单女孩因此成了网络红人。

这个来自河北农村的女孩，由于父母多病，为了减轻家庭负担，年仅 16 岁便孤身一人来到北京，追寻自己的梦，用自己的力量支撑起家庭的重担。她在北京西单的地下通道一唱便是四年，风雨无阻。

西单女孩仿佛是坠入凡间的精灵，倾听她的歌声，就像涓涓溪流，滋润着你的心灵。从《天使的翅膀》到《不让我的眼泪陪我过夜》，从《阳光总在风雨后》到《微笑着坚强》，无不唱出了她对生活的向往、对命运的抗争。

任月丽是那样的纯真，在她身上从来没有矫揉造作，有的只是一份清新与靓丽、淡定与从容。她是透明的，你可以透过她朴素的脸庞清晰地看到那些内在的品质；她是美丽的，每当歌声唱响时，她的身边都会被一种纯净的气场所笼罩。

在地下通道唱歌，任月丽曾经碰到过这样一件事：一次，一个女孩和她的男友在地下通道听她唱歌，唱着唱着，月丽突然发现那个女孩趴在男友的肩上哭了，月丽急忙停下来问她怎么了，女孩哭着说："没事，你接着唱，是你的歌声太感人了。"女孩离开时，非要给月丽留下 1000 元钱，但月丽没有要。这就是月丽，一个集真、善、美于一身的女孩。

月丽红了，她没有忘记自己所经历过的辛酸和坎坷。对于她在地下通道唱歌，曾经，有人侧目、有人诧异、有人鼓励、有人鄙夷，酸甜苦辣五味杂陈。然而西单女孩精神的最大亮点，那就是"微笑着坚强"。

当春晚的舞台上，任月丽轻轻拨动着琴弦，深情地唱起了："想家，想家……"亿万观众都为之而感动了。是的，如果没有经历过生活的磨砺与苦难，没有用心去揣摩歌声的内涵，没有一个纯洁至美的灵魂，没有一个高尚的品格，月丽就不会站在春晚的舞台上唱出如此震撼人心的歌。

随着"旭日阳刚"组合、呼啦圈金琳琳、民工街舞团被选中，一一登上春晚舞台，同样"西单女孩"以草根的形象出现在观众面前，与明星阵容形成了强烈的反差，让人耳目一新。

有梦想谁都了不起，草根上春晚也不再是个传奇。希望通过春晚这个大舞台，西单女孩任月丽，在音乐之路上，越走越好，越走越远。

有些幸福的花就开在身边

周莹

仲春的一天，她辍学了。正是播种庄稼的时候，树林里的兰草都开花了。

父亲去世几年来，一直是体弱的母亲在支撑着她上学。她回家的第二天，就和母亲一起到山林下面的坡地里种苞谷。母亲挖窝子，她丢种子。

一阵微风刮过来，风中飘散着浓浓的兰花清香。她忍不住把鼻子掐了又掐，芬芳的花粉还是钻进了鼻腔。她寻思着到树林里去寻找盛开的兰花，可是，不好对母亲直说。

一群花贩子行走在阡陌的小径上，风里花香，精明的生意人，也嗅到了别样的清香。"有好花了！"一个花贩子摸着鼻子揣摩着自己的判断。他的另一个伙伴站在田间地头，向正在耕作的男女吹嘘："一般好花都生长在远离人烟的清静之地。"

庄稼地里那些抛粮下种的年轻男女，闻着花香，忍不住了。一个中年男人一声吆喝："走。我们上山找兰花去了耶。"田里的人们，纷纷放下手中的锄头和种子，三五成群，邀约在一起，向远处的深山密林进军。

她眼馋了。母亲说："你要是去寻兰花，耽误了种庄稼，又寻不到值钱的兰花，岂不是一事无成吗？"她争辩："不会的。我那么懂兰花的品种，怎么会找不到呢？你看，邻家二伯不是也去了吗？他哪里知道什么样的兰花是值钱的品种？找到了值钱的兰花，变卖成钱，我就可以幸福地上学，家里的肥料钱也不成问题。"

母亲望着她，犹豫着。

"我没有尝试，你怎么知道我一定找不到好花呢？"

"那你明天也去试试吧！"在灶膛前添柴火的母亲终于松口了。她仿佛看见幸福的花朵在向她频频招手。

清晨，月亮还没有隐退的时候，她就和村里的大叔大婶们，一起出发了。晚上回来，寻兰花的人群中，大多没有找到理想的花朵。她背篓里放着的一株，也是极为普通的，母亲黯然无语。接下来的几天，她都是早出晚归，却收效甚微。

一个星期过去了，寻兰的队伍里，也只有少数人找到了几株一般的品种。花贩子一起压价，因为这些都不是他们想要购买的。

第七天晚上回来，她脸上和手上，有很多道山刺抓伤的痕迹，有的痕迹已经结痂。母亲看在眼里，疼在心里。接过母亲递来的一碗南瓜汤，她的喉头哽咽了，眼泪滴在南瓜汤里。母亲转身叹息。她说："妈。我明天帮你种庄稼。"母亲扭头，呆立片刻，才说："闺女，我知道你想找到兰花，好去读书。可是，兰花都是生长在密林深处，悬崖峭壁，你一个14岁的姑娘家，苦了你啊！"

她摸把眼泪，笑笑说："没事的。"然后，把一碗南瓜汤一饮而尽。

洗脚的时候，她挽起裤脚，眼尖的母亲看到她腿肚子上有大块的淤血。母亲蹲下身子，半跪着，抚摸着她受伤的腿。她说不小心摔了一跤，没大碍的。母亲哭了："兰花兰花，难找的花。求求你，断了寻兰的念头吧！那么值钱的花，一定难找的。"

第二天，她陪着母亲下地干活。出发寻兰的长辈们路过她家田头时，吆喝她："楠香，找兰花去吧！找到兰花，你就可以读书了。"她向那些长辈挥挥手："不去了。我要种苞谷。"

那些长辈，有说有笑地走了。看着他们的背景，她怅然若失。

歇晌的时候，她想方便一下。母亲说："你可以到树林里去。"于是，

她向田边的树林里走去。

正午的阳光透过稀稀疏疏的枝丫，照亮了树林中的小径，照亮了爬满朽木的过山藤，照亮了林中潮湿的苔藓。她蹲下方便的时候，目视前方微微晃动的树叶，她似乎闻到了一股香味。一股浓浓的但是还没有飘散的香味。她来不及方便就站起身来，眼睛开始在树林里搜索。

一棵桦栎树下，一个半墩子的岩石旁，杂草丛中，一枝兰花正在细风中慢慢舒展着娇嫩的花瓣。她立刻提起裤带，边走边系。走近一看，她简直眩晕了。金黄色的花瓣在风中摇曳着，婀娜多姿，艳丽可爱。她用手轻轻地扶着花茎，看了又看。然后，她使劲地揉揉眼睛，再次定睛看了看。她初步判断，这是一株名叫"上捧蝶"的蕙兰，内轮瓣已经非常鲜明地蝶化了，确实是一株难得的兰花。

她把这株兰花挖回了家。一时间，花贩子蜂拥而至，都来争购这株奇花。寻兰的长辈们也个个伸出了大拇指，说兰花这种植物就是鬼精灵，偏偏认得楠香呢！

母亲望着满院子里拥挤着的看花人，泪眼朦胧地说："我现在才明白，有些幸福的花，就开在身边。"

与众不同又何妨

清心

阳光西斜，书房的光线渐渐暗下来。电脑屏幕上，男孩局促地站在全班同学面前，大大的眼睛水汪汪的，里面荡满了层层叠叠的雾霭："对不起！耽误大家上课了。以后……我保证……再不发出怪声了。"老师满意地点点头。他的眉头，却凝了深深的无奈与迷茫。然而，刚刚回到座位上，他的头又开始向一侧频繁摆动，同时，喉咙亦无法控制地，再次发出"啵啵"的怪叫。老师的目光，刀子般落到他身上。寂静的教室，又是一阵哄堂大笑……

长长的叹息，秋叶般，掉下来。心像被尖锐的针扎了又扎，倏然间生疼。

男孩叫科恩，是美国电影《叫我第一名》的主人公。与某些不那么幸运的孩子一样，科恩也是被上帝咬过一口的苹果。自六岁起，妥瑞氏症如同亲密的伙伴，几乎与他形影不离。这是一种罕见的、至今尚无医治手段的精神控制失调疾病。症状是，无论在课堂上，餐馆里，还是美妙的音乐会上，科恩都会无法抑制地反复发出巨大的"啵啵"声。由于行为异常，科恩受尽了同学的欺负、老师的批评以及校长的责备和开除。甚至，连父亲都一直认为，他所需要的，不是去医院治疗，而是自身的克服和控制。好在，天空不可能一直阴沉，生活亦不会完全糟糕。生命里，总有一些理解和关怀，如同冬日的阳光，给他的心灵注入温暖和明亮。

首先是母亲，她的爱和鼓励，给科恩生命的杯子一次又一次续上了热水。其次是善良且极具教育才华的梅尔校长。音乐会上，科恩频频发出的"啵啵"

声引得大家纷纷侧目。梅尔问他："你为什么要发出令人讨厌的声音？为什么不控制？"科恩一边继续发着怪声，一边难为情地回答："我无法控制。因为我患了妥瑞氏症，这种病现在无药可治。"校长又问："我们怎样才能帮你？我指的是全校的每一个人。"科恩小心翼翼地回答："我只希望大家别用异样的眼光看我。"片刻过后，掌声雷动。大家一改以往的嘲讽和漠视，每个人都用友好的目光望着他。梅尔校长用心良苦的几句话，犹如一只温暖的大手，拨开了科恩头顶积蓄已久的乌云，为他的生命开启了一扇全新的大门。

大家都认为，科恩这样的情况，肯定会选择与说话无关的工作。然而，出乎所有人意料，他的理想，却是成为一名优秀的小学教师。他一直记得，梅尔校长说过：学校是用知识打败无知的地方，即使学生与众不同，也要给他们学习的机会。从那一刻起，他下决心要成为梅尔那样的老师。他要告诉每一个孩子："与众不同又何妨？即使你的缺陷终身无法改变，也没什么大不了的。只要你学会接受它，微笑着与它和平共处，它对你的负面影响就会越来越小。"

为了实现教师梦，科恩在地图上圈出没有应聘过的所有学校。一次又一次面试，一次又一次失败，他的简历总是在世俗的既定概念里被冷冷地驳回。父亲怕他自尊心受挫，理智地劝他放弃。科恩却坚定地回答："希望是很难戒掉的习惯。当老师是我毕生的愿望，我别无选择！"在连续被 25 所学校拒绝后，他终于通过了景山小学的面试。那一刻，科恩灿烂地笑了，心快乐得欲飞。坐在屏幕前的我，亦情不自禁跟他一起欢呼雀跃。

是的，在每个人心中，理想都是青春里最美的一场梦，如同盛放的烟花，璀璨而饱含激情。然而梦想照进现实的，毕竟凤毛麟角。当烟花熄灭，夜空沉寂，大多数人，不过是黯然收了双翅，低低滑翔着，归于烟火深处。

这样看来，科恩虽然不幸，却又非常的幸运。他知道自己想要什么，并且，一直循着心灵的方向，不畏挫折，迎难而上，坚定地走着一条成为自己的路。

年终，他被评为最佳优秀教师。上台领奖时，由于紧张和激动，他又无法控制地频繁发出"啵啵"的怪声。他说："我今天可以站在这里，是因为家人、同事、学生、朋友们的鼓励和支持。这个奖，应该归功于他们。但我更要感谢这辈子最难克服也最执着的老师妥瑞氏症。它告诉了我全世界最宝贵的经验，那就是：千万别让任何事阻止你去追逐梦想！"

科恩后来拿到了硕士学位，亦遇到了两情相悦的爱人。结婚后，他们一直住在亚特兰大，做着自己最喜欢的事。

非常庆幸，在这个仲夏之夜，我能遇到灿烂阳光的美国男孩科恩。他让我懂得了，当你不幸被上帝咬了一口，关键不是如何去寻找丢失的那一部分，而是如何利用剩下的那一部分。你一定要记住，不是别人让你成为第一名，而是你自己让自己成为第一名。

再卑微的梦想也会开花

周礼

三十年前，贝特格在一家名叫麦森的陶瓷厂做清洁工，他的主要工作就是清理厂区内的陶瓷碎片和陶土，每天的工资是 20 马克。那时贝特格非常羡慕厂里的学徒，因为他们每天可以多领 10 马克，这 10 马克对贝特格来说十分重要，他的母亲患有哮喘病，每月需要 10 马克左右的医疗费，而他的工资仅够一家人的日常开销。

当然，做学徒只是贝特格一厢情愿的想法，这根本不可能实现。首先，他没有足够的钱交学费。其次，他跟技师普塞套不上任何关系。普塞是意大利人，他对自己的知识产权看得特别重要，除了亲属或十分信任的人，他从不将核心技术传给任何人，包括厂家派来的工作人员。不过，贝特格并没有放弃希望，他利用一切机会悄悄地学习烧制陶瓷的方法，清洁工的身份帮了他的大忙，有时，普塞和他的徒弟在制作过程中会损坏一些陶器，并让贝特格前去打扫，他们并不避讳贝特格，毕竟他只是一个毫不起眼的清洁工，没有人注意他，也没有人怀疑他。贝特格非常珍惜这样的机会，他总是一边打扫卫生，一边偷偷学艺。贝特格有着很强的观察力，虽然没有师傅指导，但去的次数多了，他还是从中学到了不少东西。

一转眼十多年过去了，贝特格的身份还是没有改变，他仍然是麦森陶瓷厂里的一名普通清洁工，不过，此时的他已经身怀绝技，能够烧制出十分精美的陶器了。一天，技师普塞和厂里的领导闹了矛盾，一气之下，他带着几

190

个徒弟离开了麦森陶瓷厂，回到了意大利。当时，厂里没有别的技师，普塞这一走，工厂立刻陷入了瘫痪状态，厂里的领导急得如热锅上的蚂蚁，如果在短时间内找不到一个人代替普塞，那么他们的工厂将面临倒闭。

就在大家感到绝望之时，贝特格站了出来，他对工厂老板说："先生，能不能让我试试？"老板见是贝特格，他失望地摆着手说："你一个清洁工能做什么呢？我现在需要的是一名技师。"贝特格没有辩驳，而是不慌不忙地从身边取出一件陶器，然后满怀信心地说："先生，请您看看这个，它的质量能达到厂里的要求吗？"老板接过来一看，顿时惊得目瞪口呆，这件陶器的水准并不比普塞烧制的差，而且非常有特色。老板喜出望外，这简直就是雪中送炭，他立即转变了态度，和颜悦色地对贝特格说："工艺不错！不知你有什么要求？"

"我没有别的要求，只希望您能将我的工资提高到学徒的标准。"贝特格担心老板不答应，又补充说："如果您觉得我的要求有些过分的话，我可以继续兼任清洁工的活，决不会影响工厂的运转。"老板听后哈哈地笑着说："清洁工的工作你就不要做了，只要你能烧制出满意的产品，我会给你和普塞同样的工资。"

在贝特格的努力下，麦森陶瓷厂不仅恢复了生产，还成了欧洲著名的陶器生产商，而贝特格也一跃成为德国的顶级技师，过上了体面、优越的生活。原来，只要坚持做正确的事情，再卑微的梦想也会开花。

再糟糕的种子也会结出果实

周礼

　　小时候，查尔斯·舒尔茨是一个出了名的笨孩子。在父母的眼中，他是一个十足的蠢蛋，从未干过一件出色的事情；在老师的眼中，他是一个科科不及格的差生，毫无前途可言；而在同学的眼中，他则是一个软弱可欺的人，别人打他，他也不敢还手。

　　舒尔茨也曾试图改变自己，比如：努力学习，赢得同学的尊重，参加体育锻炼，提高自己的身体素质等。然而，不知什么原因，他的成绩老是上不去，物理甚至还考了零分，而在校高尔夫球比赛中，他的表现同样惨不忍睹。在学校里，没有人关心他，没有人和他玩耍，没有人在乎他的感受，也没有人在乎他的存在，他就像一个可有可无的边缘人，孤独而卑微地生活着，偶尔有人跟他打声招呼，他都会感到受宠若惊。

　　虽然在很多方面，舒尔茨的表现都相当差劲，但有一个方面还勉强过得去，那就是画画。他喜欢画画，尤其是漫画，他的整个童年和少年几乎都交给了手中的笔、桌上的画，他渴望有一天，能成为一个像凡·高一样伟大的画家。其实，那只不过是他一厢情愿的想法罢了，他的画从未得到过别人的好评，中学时，他鼓起勇气向《毕业年刊》的编辑投去几幅他自认为十分满意的作品，但不幸的是没有一幅被录用。后来，他又向其他报刊、杂志投稿，结果均被无情地退了回来。尽管遭受了无数次退稿的打击，但他毫不气馁，他仍然坚信，自己的漫画与众不同，是金子总会发光的，只是时间的早晚而已。

　　中学毕业，如人们所料想的那样，没有任何一所大学愿意接纳他，但这并未影响到他对自我价值的追求，他决定做一名职业漫画家，一心一意地搞好创作。其间，他信心满满地向华特迪斯尼公司写了一封自荐信，详细地介绍了自己的特长和希望获得的职位。华特迪斯尼公司的负责人很快给他回了信，并让他把作品寄过去看看，他精心地挑选了几幅，但遗憾的是，华特迪斯尼方面都不满意，认为他的作品没有达到公司要求的高度。他再一次失败了。

　　后来，他转变了创作方向，开始将自己独特的人生经历和生活体验融入到漫画之中，营造出一个充满幽默、幻想、温暖和忧伤的世界，其中有两个大家非常熟悉的人物——小男孩查理·布朗和小狗史努比，他把这部漫画作品命名为《花生》。这部作品一经问世，就受到了人们的广泛关注，犹如一颗重磅炸弹，震撼了半个世纪，先后被翻译成二十几种语言，刊登在了两千六百多家报纸上，并延伸到全球七十五个国家，每天陪伴着三亿五千万读者一起欢笑。

　　不仅如此，舒尔茨还两度获得漫画艺术最高殊荣"鲁本奖"，1978 年被选为"年度国际漫画家"，1990 年得到法国文艺勋章，并多次登上《福布斯》杂志年收入最高艺人排行榜，成为历史上最富有的漫画家。

　　原来，要实现人生的逆转，就得认定目标，坚持做好一件事，正如舒尔茨自己所言："生活就是会从好梦中被粗暴地惊醒"，人生不可能一帆风顺，不可能事事如意，但只要信念不灭，再贫瘠的土地，也能种出庄稼，再糟糕的种子，也会结出果实。

在危机中长成参天大树

李建珍

在 2008 年的那场经济危机中，很多名牌的大公司和不名牌的小公司倒下了，许多人把那场经济危机和 1929 年的世界大萧条危机相提并论，悲观的人似乎看不到有什么公司能够生存下来。然而，还真有公司存活，并且不断超越自己，超越别人，活得比谁都好，这就是全球零售业老大沃尔玛公司。

当世界上很多大企业的老板在四处融资的时候，沃尔玛的董事长罗宾逊·沃尔顿（Robson Walton）却成了空中飞人。仅在 4 月份，沃尔玛就在 14 个国家新开了 26 家商店，至此，沃尔玛在全球商店总数达到了 7899 家。沃尔玛 1999 年就已经是世界上员工总数最多的公司。目前，它在全球有近两百万名的员工。截至 2009 年 1 月 30 日，沃尔玛的销售额达到了 4012 亿美元。2008 年，金融危机席卷全球之时，沃尔玛的销售额还增长了 7.2%，增长额达到 270 亿美元。

不是所有的零售商都有这样的好运气，全球零售业老二家乐福，2008 年的利润下降了 44%，目前它的总利润只有沃尔玛的六分之一。

其实，沃尔玛不仅仅是在这次金融危机中表现优秀，它诞生以来经历了世界上大大小小的各种危机，可它不仅没有受到影响，反而更快地成长起来。

那么，它是怎么成为一棵在暴风骤雨中越来越挺拔的大树呢？这要从它的创始人山姆·沃尔顿（Sam Walton）说起。

1945 年，27 岁的山姆·沃尔顿从美国陆军退役。当兵前，他曾干过两年的商业零售，退伍后他就想从事零售方面的工作。当时美国经济发达，零售业十分强大，知名公司有西尔斯、凯马特、彭尼、伍尔沃思，这些公司实力强、资格老。起初的山姆先生没有实力在大城市立足，他就把自己的出发点定在乡下。

沃尔顿夫妻拿出自己所有的积蓄，又从岳父那里借了两万美元，在美国罗得岛州南部的纽波特镇盘下一家叫"本·富兰克林"的濒临倒闭的杂货加盟店。山姆先生是做生意的天才，他很快就使杂货店走出困境，成为了镇上最好的商店。然后，他在不同的镇里不断转手、盘下、新开"本·富兰克林"杂货店。1962年山姆·沃尔顿手中有15家"本·富兰克林"杂货店，他与杂货店的老板谈判，要求有自主的进货权利。谈判失败，山姆先生只能退出"本·富兰克林"杂货加盟店，自己开店。就这样，1962年，第一家叫沃尔玛的折扣店在阿肯色州的罗杰斯开张了。

在二十世纪六七十年代，山姆先生主要在美国的小镇上开店。1983年，实力具备后，他在俄克拉荷马州的中西部都市的市郊开了第一家山姆会员店，1990年实力已经相当强大的沃尔玛才到市中心开店。后来，他发展的步伐越来越大，越来越快。1992年，沃尔玛挺进海外，进入墨西哥市场。

一步一个脚印地夯实基础使得沃尔玛的下盘非常扎实，不需要融资，也不怕经济危机来袭。然而，作为一家大型企业，最需要的是忠心耿耿的员工。山姆先生在经历了一次新店即将开业，而招聘好的员工忽然全部罢工的危机后，明白了安抚好员工有多么重要，聪明的他毅然决定在沃尔玛"消灭"员工，将所有的员工变成合伙人。

他不仅大大提高员工工资，而且所有的员工都能分到企业的利润。于是，员工不再叫员工，改叫合伙人。在当时的美国人看来，山姆先生疯了，他让员工做了沃尔玛的主人，除了正常的工资、奖金外，每年都有丰厚的红利，到退休能拿几十万美元。此外，员工还可以每年用部分的红利低价购买公司

的股票，而沃尔玛股票这十多年增长了上千倍，所以能进入沃尔玛是很多人梦寐以求的。这是沃尔玛成功的秘诀之一。试想，在自己做老板的企业里，谁会随便罢工？谁不肯尽全力去发挥自己的潜力和才能？

心往一块想，劲往一处使，很多企业都做到这点，但是发展得最好的只有沃尔玛，所以，沃尔玛成功还有其他秘诀——对待顾客的方式：坚持把节约下来的成本还利给顾客。有这么一个故事：在沃尔玛成立不久，根据天天低价的原则，店长将一双鞋定价1.98美元，这个价比同城其他的店便宜20%，但是，山姆先生却不同意。他认为这双鞋的进货才1美元，所以只能卖1.3美元。店长说："我们已经比别人便宜了。"山姆·沃尔顿却说："这不行，我们要将谈下来的好处全部给顾客……"

靠着踏实、诚信，沃尔玛在短短几十年间，从乡间杂货店成长为全球零售业老大，并且在经济危机中不断发展，成为屹立不倒的一杆旗帜。成功的秘诀就这么简单。

怎样击打石面，才能溅起最美丽的浪花

张珠容

　　四年前，美国迈阿密一个名叫埃克斯·威尔逊的小伙子从计算机专业毕业后，先后更换了五六份工作。他编写过程序、当过推销员、玩过股票，甚至还开过酒吧，不过每份工作他都干得不是很顺心。埃克斯太坚持自己的想法，他编写的程序总得不到上司的认可。即使和陌生人聊天，他也有说不完的话，这让雇佣他推销的老板感到恼火，认为他在浪费时间。两年前，崇尚自由的埃克斯自己创业，开了一家酒吧，由于经营不善，支撑了不到一年就关闭了。

　　工作接连碰壁，首次创业失败，在之后的半年时间里，埃克斯天天沉迷于酒吧，不再出去找工作。身边的朋友都以为他对生活失去了信心，但埃克斯自己心里明白，"沉沦"是为了更好地创业。原来，他认定开酒吧最适合自己，便暂时关闭酒吧，待重整旗鼓之后再开业。

　　埃克斯喜欢新奇的玩意，酒吧开业之初，雇来几个年轻的调酒师，每天推出一两款新奇的饮料或酒，可是，没有几个顾客愿意去点这些口感独特的饮品。他始终坚持主推新颖的产品，越是这样，顾客就越少，最终，几个调酒师不得不离开酒吧。

　　埃克斯分析，要想经营好酒吧，就得让顾客接受店里的那些新鲜玩意。这谈何容易，一个人的喜好怎么会轻易发生改变？他曾试过降低那些新奇饮品的价格来吸引顾客的眼球，结果仍然无济于事，大多数顾客一进门只点他们日常钟爱的东西。

一天下午，百无聊赖的埃克斯趴在电脑前，总结这几年来都学到了什么东西。程序员、推销员、股民、酒吧老板，他漫不经心地一边念一边写。写着写着，他突然冒出了一个灵感：要是饮料的价格也像股票一样时涨时跌，顾客进门就会受到价格的诱惑，就不一定去点自己喜欢的东西了。做到这一点，只需编写一个程序安装到酒吧里就可以了。

接下来的半年时间里，埃克斯白天逛酒吧，晚上伏案编写程序。他通过调查发现，几乎所有酒吧的老顾客都喜欢点自己日常喜欢的饮品，至于那些陌生的饮品，他们几乎看都不看。

一段时间过去了，一款名为"股票式点酒"的程序终于诞生了。埃克斯给酒吧安装了这一程序，并再次开业。每一天，他的酒吧开业就像股市开盘，所有的饮品都会有一个开盘价，显示在墙壁上的电子屏幕上。随着客人点饮品，电子屏幕上的价格开始不断发生变化。哪款饮品点的人多，价格就会上涨，反之，饮品愈冷门，售价愈低。当其中一种饮品的价格上涨得厉害时，其他的品种就会相应下跌。这些价格的变化在电子屏幕上一目了然，顾客随时都能看到。

别说，埃克斯推出的这一古怪定价法，还真吸引了不少消费者前来光顾。由于饮料单上的种类很多，多数顾客到酒吧时会先尝试基本的饮料。点的次数多了，他们会发现这些东西的价格在不断上涨，于是，他们就把目光瞄准价格排名靠后的新奇饮品，点上一杯试试口味。如此一来，以前销量排后的饮品迅速飞跃，成了销量排行榜上的前几名。

有趣的是，顾客的情绪也不断随着电子屏幕的价格变化而起伏。"哦，我的天，要是推迟三分钟再点这种饮品，就花三分之二的价钱了！""看来，我今天的运气不错，这种酒既便宜，口感又棒！"顾客们嬉闹着，但谁也没有因为比别人多花或少花钱买同一种饮品而感到懊恼或庆幸。他们只是觉得这样的气氛太美妙了，仿佛身上的每个细胞都像屏幕上的价格一样，不安分地跳动着。

安装了这个程序后，埃克斯的酒吧知名度大大提高，每天的销售额都是原来的200%，有时还要多。当然，他创造的还不只是这些财富，迈阿密不少酒吧的老板慕名前来，花重金请他也给自己的酒吧安装上"股票式点酒"程序。埃克斯爽快地答应了，先后为30个同行安装了这一程序，从中赚得了不菲的报酬。

不少人好奇埃克斯这次创业怎么这么成功，他笑着说："失败在所难免，我只不过把前面几次的失败好好地总结了一下，去掉弱点，结合优点，这才有了今天的小成就。"

是的，人生就像江河流水，遇到阻挡流水的小石头多了，就有了经验。当流水遇到更大的石头时，它就知道该怎样去击打石面，才能溅起最美丽、最精彩的浪花！